Traduit de l'anglais
par Vanessa Rubio

Maquette : Karine Benoit

ISBN : 978-2-07-057096-6
Titre original : *Sleep-overs*
Édition originale publiée par Doubleday,
une filiale de Random House Children's Books, Londres, 2001

N° d'édition : 155842
Loi n° 49-956 du 16 juillet 1949 sur les publications destinées à la jeunesse
Premier dépôt légal: octobre 2005
Dépôt légal : septembre 2007
Imprimé en Espagne par Novoprint (Barcelone)

Jacqueline Wilson

Soirée pyjama

illustré par Nick Sharratt

GALLIMARD JEUNESSE

Pour Kate, avec tous mes remerciements

CHAPITRE 1

– La semaine prochaine, c'est mon anniversaire ! a annoncé Amy. Et devinez quoi... Maman est d'accord pour que j'invite mes meilleures copines à une soirée pyjama.

– Génial ! s'est écriée Bella.

– Cool ! a fait Chloé.

– Super ! s'est exclamée Émily.

Moi, je n'ai rien dit. Je me suis contentée de sourire. Pleine d'espoir.

Je me demandais si Amy me considérait comme une de ses « meilleures copines ».

Bella est la meilleure amie d'Amy. Chloé, la meilleure amie d'Émily. Moi, je

n'ai pas encore de meilleure amie dans cette nouvelle école.

Nouvelle, nouvelle, il faut le dire vite. Elle est plutôt vieille, cette école, avec ses escaliers en spirale et ses longs couloirs au parquet ciré où s'alignent je ne sais combien de classes. Et il y en a d'autres en plus dans des préfabriqués au fond de la cour. J'ai encore du mal à me repérer. Le premier jour, à la récréation, je n'ai pas réussi à trouver les toilettes des filles. Je sautillais sur place, complètement désespérée, quand, heureusement, Émily m'a vue et elle m'a montré où c'était. Je l'aime vraiment beaucoup, Émily. J'adorerais être sa meilleure amie. Mais la place est déjà prise. Par Chloé.

Elle, je ne l'aime pas trop.

Par contre, j'aime bien Amy et Bella. On forme une petite bande, toutes les cinq : Amy, Bella, Émily, Chloé et moi. On a même fondé un club secret : le club de l'Alphabet. À cause de nos noms, vous comprenez. Je m'appelle Daisy, donc nos prénoms

commencent par A, B, C, D et E. C'est moi qui ai remarqué ce détail. Et qui ai eu l'idée du club.

J'ai toujours eu envie de faire partie d'un club secret. C'est presque aussi bien que d'avoir une meilleure amie.

Je me demandais si la soirée pyjama d'Amy serait strictement réservée à ses meilleures amies. Elle n'arrêtait pas d'en parler, elle disait qu'elle n'allait pas dormir de la nuit. Bella l'a taquinée parce que la dernière fois qu'Amy est allée coucher chez elle, elle s'est écroulée à neuf heures du soir et elle a dormi comme un loir jusqu'à neuf heures le lendemain matin. Chloé a affirmé qu'il lui arrivait de se coucher très très tard, vers onze heures ou minuit, alors pas de problème. Émily a dit qu'elle avait l'habitude de se réveiller tôt maintenant, à cause de son petit frère qui réclame son biberon dès six heures tous les matins.

Moi, je n'ai rien dit. Je continuais à sourire, enfin, j'essayais.

Émily m'a regardée, puis elle a demandé à Amy :

– Hé, Daisy est invitée aussi, hein ?

– Bien sûr ! s'est exclamée Amy.

Là, j'ai souri jusqu'aux oreilles. (Si, si, c'est possible.) Et j'ai hurlé :

– Youpiiii !

– Arrête, Daisy ! a protesté Chloé en se bouchant les oreilles d'un air affecté. Tu as failli me transpercer les tympans.

– Désolée.

Je n'étais absolument pas désolée, mais avec Chloé, mieux vaut se méfier. Elle veut toujours commander. Elle se prend pour la chef.

Elle a même essayé de dire à Amy ce qu'elle devait faire pour son anniversaire :

– Tu as prévu des films qui font peur, hein ?

– Ma mère ne sera jamais d'accord.

– Pas besoin de lui dire. On attendra qu'elle soit partie se coucher et on regardera des DVD dans ton lit, a répliqué Chloé en soupirant, comme si c'était d'une simplicité enfantine.

Amy s'est mordu les lèvres.

– Mais… je n'ai pas de lecteur de DVD dans ma chambre.

– T'inquiète ! Moi, je n'ai même pas la télé, l'a rassurée Bella. Au fait, qu'est-ce que tu as prévu à manger pour ton anniversaire ?

Bella adore manger. À chaque récréation, elle sort une grande tablette de chocolat de sa poche. Elle en prend huit carrés, elle en donne trois à Amy parce que c'est sa meilleure amie, puis elle nous en laisse un à chacune – Chloé, Émily et moi. Et souvent Chloé engloutit aussi le dernier. Elle s'imagine qu'elle a tous les droits, celle-là.

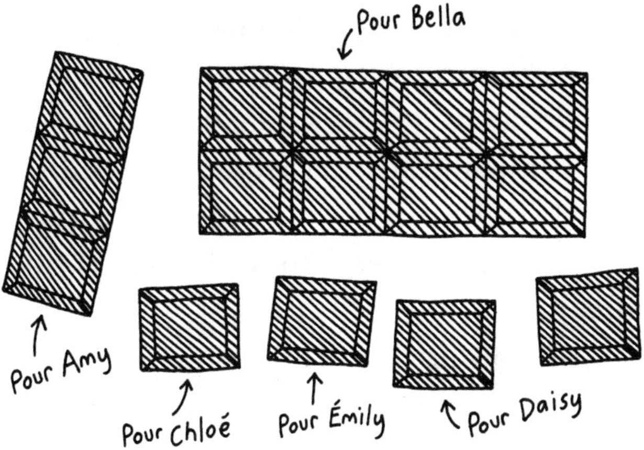

Amy a souri à Bella.

– On a prévu un gros gâteau d'anniversaire. Un gâteau au chocolat !

– Non, tu devrais prendre un gâteau glacé d'une drôle de forme, a affirmé Chloé. C'est trop cool.

– Amy a le droit de choisir le gâteau qu'elle veut. C'est sa fête, a répliqué Bella.

Chloé a froncé les sourcils.

Émily est vite intervenue :

– Je sais ! Si on fait toutes une soirée pyjama pour notre anniversaire, chacune pourra choisir le style de sa fête. Enfin, celles qui ont le droit. Ma mère a un peu de mal avec mon petit frère en ce moment, mais je pense qu'elle sera d'accord.

– La mienne aussi, a acquiescé Bella.

– Ma mère me laisse faire tout ce que je veux, s'est vantée Chloé. Et pareil pour mon père.

Moi, je n'ai rien dit. J'espérais que personne ne remarquerait mon silence. Mais elles me fixaient toutes.

– Et toi, Daisy, tu pourras faire une soirée pyjama pour ton anniversaire ?

– Oh oui, pas de problème, me suis-je empressée de répondre.

Mais mon cœur battait à tout rompre sous mon sweat-shirt.

Heureusement, mon anniversaire était encore loin.

Je ne pouvais pas inviter mes amies à la maison. Mais je n'avais pas envie de leur expliquer pourquoi. J'aurais pu le dire à Émily, mais pas aux autres. Surtout pas à Chloé.

CHAPITRE 2

À table, le soir, j'ai annoncé à ma mère que j'étais invitée chez Amy.

– C'est chouette, Daisy, a-t-elle répondu, mais je voyais bien qu'elle ne m'écoutait pas vraiment.

Elle était trop occupée à donner à manger à ma sœur, Lily.

– Allez, Lily, miam, miam, répétait-elle en glissant la cuillère de yaourt entre ses lèvres.

Maman ouvrait et fermait la bouche pour lui montrer l'exemple. Mais Lily n'ouvrait pas toujours la bouche au bon moment. Parfois, elle la refermait brusquement si bien que la cuillère se cognait dans ses dents, ou alors elle l'ouvrait en grand et le yaourt coulait sur son menton.

Quand maman a voulu l'essuyer, Lily a levé le bras pour attraper la serviette.

– Bravo ! Tu as vu, Daisy ? Lily essaie de s'essuyer le menton toute seule. C'est bien, tu es une petite futée.

– Mmm, c'est bien, ai-je murmuré.

Mais Lily n'est pas vraiment futée. Ce n'est pas ma petite sœur. Elle n'est pas petite du tout d'ailleurs. C'est ma grande sœur, elle a onze ans, mais elle n'est pas en CM 2. Elle n'est même pas dans ma nouvelle école. Elle n'allait pas dans mon ancienne école non plus. Avant, elle n'y allait pas du tout, elle restait toute la journée à la maison avec maman, mais on a déménagé pour qu'elle puisse être inscrite dans une école spécialisée. Une école spéciale, parce que Lily a des besoins spéciaux. Voilà une bonne façon de la décrire, car il y en a des tas et des tas de mauvaises. Dans mon ancienne école, certains enfants la traitaient de… enfin, des mots vraiment affreux quand ils voyaient maman pousser Lily dans son fauteuil roulant. Et moi aussi, ils m'insultaient.

Je ne pense pas qu'Émily dirait ce genre de choses. Ni Amy, ni Bella. Mais Chloé, je ne sais pas.

Depuis que je suis arrivée dans ma nouvelle école, je n'ai parlé de ma sœur à personne. Je ne veux pas qu'on la traite de quoi que ce soit.

Moi, il m'arrive de lui dire des choses horribles. Je lui en veux, des fois. Ce n'est pas comme avec une vraie sœur. On ne peut

pas jouer ensemble, échanger nos vêtements, danser, rigoler, faire les folles. Lily n'est pas une vraie grande sœur parce qu'elle ne peut pas me dire des trucs, me donner la main pour traverser et venir me chercher à l'école. Lily n'est pas non plus comme une petite sœur, elle est trop grande pour monter sur mes genoux, et trop lourde pour que je la porte dans mes bras. J'ai même du mal à la pousser dans son fauteuil.

Elle a eu un problème à la naissance. Elle ne pourra jamais marcher ni parler. Enfin, d'après mon père. Ma mère, elle, dit qu'on ne peut pas savoir. Papa dit qu'on sait très bien, mais que maman ne veut pas regarder la réalité en face. Je déteste quand mes parents se disputent au sujet de Lily. Parfois je la déteste. Parce que c'est un poids, qu'elle pleure sans arrêt, qu'elle nous réveille la nuit et qu'elle nous prend tout notre temps. Après je m'en veux toujours d'avoir été méchante avec elle. Je me glisse dans son lit la nuit, quand papa et maman dorment, et je lui dis pardon à l'oreille. Je la serre dans mes bras. Elle ne peut pas, elle, me serrer dans ses bras, mais j'ai l'impression qu'elle est contente que je sois là. Elle fait un drôle de petit bruit. Comme si elle me parlait dans sa langue. Je lui murmure des secrets et elle me répond « re-re-re-re » tout doucement. On se fait notre petite soirée pyjama, rien que nous deux.

Ce soir-là, je suis allée la voir et je lui ai raconté, pour l'anniversaire d'Amy. Je lui avais déjà parlé d'Amy et de Bella. Je lui avais beaucoup beaucoup parlé d'Émily, dont j'aurais tant aimé être la meilleure amie. Je lui avais aussi pas mal parlé de Chloé, dont j'avais parfois l'impression d'être la pire ennemie.

– Qu'est-ce que tu dis, Lily ? ai-je chuchoté. Ah, oui ! Tu penses qu'Émily va finir par en avoir assez des humeurs et des méchancetés de Chloé. Tu crois qu'elle va la laisser tomber pour devenir ma meilleure amie à la place ?

– Re-re-re-re, a répondu Lily.

Je l'ai serrée dans mes bras très fort. Parfois, je suis presque heureuse que Lily soit ma sœur.

CHAPITRE 3

Amy, Bella, Chloé, Émily et moi, on avait hâte que la soirée pyjama arrive. On en parlait sans arrêt. On en parlait tellement que notre maîtresse, Mme Graham, a fini par s'énerver.

Elle était surtout en colère après Chloé, vu que c'est elle qui parle le plus fort. Elle l'a privée de récré. Pendant ce temps, moi, je me suis bien amusée avec Émily. Elle trouve que j'ai de beaux cheveux. Elle avait envie de les brosser, alors j'ai défait mes nattes pour qu'on joue au coiffeur. On disait que j'étais une dame très chic qui allait à une soirée. Émily m'a coiffée et elle m'a

fait un soin du visage avec le savon des toilettes des filles. J'ai eu du mal à le rincer et j'avais un peu la peau qui tirait en rentrant en classe. Mais mon sourire s'est complètement figé lorsque j'ai vu le regard que Chloé me lançait. Je savais qu'elle m'en voulait à mort.

– Daisy, sale petite peste ! a-t-elle hurlé dès que l'heure de la sortie a sonné. Tout est de ta faute. Tu m'as dit que tu n'étais jamais allée à une soirée pyjama, alors moi, je t'ai juste répondu que tu ne devais pas avoir d'amis dans ton ancienne école et Mme Graham m'a grondée. Pourtant c'est toi qui m'avais parlé en premier ! Pourquoi tu ne lui as pas avoué que c'était de ta faute ?

– Ce n'était pas sa faute, enfin, Chloé ! a plaidé Émily.

– Si ! Et elle n'a rien dit. Elle m'a laissée punir à sa place. Je la déteste ! Et j'en ai assez qu'elle traîne avec nous toute la journée !

Émily lui a passé un bras autour des épaules.

– Arrête, Chloé. Tiens, tu veux un biscuit au chocolat ? Je l'ai gardé exprès pour toi.

Comme elle n'en voulait pas, c'est Bella qui l'a mangé.

– Alors, il y aura un gâteau au chocolat à ton anniversaire, Amy ? a-t-elle demandé.

– Oui, fait maison par une amie de ma mère. On a aussi prévu des mini sandwiches, des petites saucisses, des morceaux de fromage et des cubes d'ananas sur des cure-dents, des super coupes de glace et des cocktails de fruit avec des ombrelles en papier, a annoncé Amy, les yeux brillants.

– Comme au restaurant, ai-je commenté.

– Daisy est toujours invitée à ta soirée pyjama ? a demandé Chloé.

Mon cœur s'est mis à cogner. Mais Émily a vite répliqué :

– Évidemment. On y va toutes. Ah, j'ai hâte que ce soit mon tour, enfin, si ma mère est d'accord…

– Avec la mienne, pas de problème, s'est vantée Chloé. Elle me laisse faire tout ce que je veux. Ce sera la plus géniale soirée pyjama du monde, vous verrez.

Il y avait peu de chances pour que je sois invitée à l'anniversaire de Chloé, mais je m'en fichais. Ce que je voulais, c'était aller à celui d'Amy.

– Bien sûr que tu es toujours invitée, Daisy, m'a-t-elle chuchoté à l'oreille.

Je l'ai serrée dans mes bras. Décidément, Amy était presque aussi gentille qu'Émily.

Je suis allée acheter un cadeau d'anniversaire pour Amy avec maman. Comme elle aime écrire, j'avais pensé lui offrir un stylo plume de grande. J'aurais voulu prendre mon temps pour choisir, mais on avait emmené Lily, forcément, et elle était dans un de ses mauvais jours. Elle n'arrêtait pas de pleurer.

Plus les gens nous regardaient, plus elle pleurait. De plus en plus fort.

– Dépêche-toi, Daisy. Tu le trouves ce cadeau, oui ou non ? m'a pressée maman.

Mais je n'arrivais pas à décider quelle couleur de stylo plume Amy préférerait. Rouge cerise ? Vert prairie ? Jaune soleil ?

Bleu ciel ? Elle portait toujours des vêtements de couleurs vives, comment savoir celle qu'elle préférait ?

– Daisy ! On va devoir y aller ! m'a dit maman.

Lily était rouge cerise, comme le stylo – et elle hurlait.

J'ai soudain repéré un assortiment de stylos métallisés de toutes les teintes : rose,

orange, vert émeraude, violet, turquoise et même or et argent. Ce devait être magnifique d'écrire avec toutes ces couleurs.

– Je peux prendre ce coffret pour Amy, maman ? Allez, s'il te plaît !

Ça coûtait beaucoup plus cher qu'un simple stylo plume, mais maman avait tellement hâte de sortir de la papeterie qu'elle n'a pas discuté.

J'espérais que ça plairait à Amy. Moi, j'aurais adoré qu'on m'offre un bel assortiment comme ça. Avant, j'avais un joli stylo violet métallisé, mais Lily s'en est servi et elle a écrasé la pointe. Maintenant il bave partout.

J'aurais voulu essayer les stylos d'Amy (juste pour voir s'ils écrivaient tous bien), mais dès que nous sommes rentrées à la maison, après avoir changé et calmé Lily, maman a enveloppé la boîte dans du papier de soie rose et elle a fait un gros nœud avec un ruban bordeaux que je mettais dans mes cheveux.

Ça faisait vraiment un beau cadeau. Le samedi après-midi, au moment de partir, j'espérais que j'étais belle aussi. Comme Émily m'avait promis qu'elle porterait juste un pantalon et un T-shirt, je n'avais pas mis ma robe. De toute façon, je ne l'aimais plus trop, cette robe avec les petits ours brodés sur le devant. Quand on l'avait achetée, elle me plaisait, mais j'étais sûre que Chloé la trouverait bébé. Il y avait également des petits ours sur mon pyjama, mais c'était moins grave. C'était un très vieux pyjama, qui commençait à être un peu court, mais je l'adorais. Et j'avais aussi emporté mon nounours. Un minuscule ours bleu marine qui s'appelle Minuit. Je ne peux pas dormir sans. Heureusement, il est tellement petit que je pourrais le cacher au creux de ma main pour ne pas que Chloé se moque.

Papa m'a conduite chez Amy en voiture. J'étais vraiment, vraiment contente de ne pas être obligée d'y aller à pied avec maman et Lily dans son fauteuil.

– Amuse-toi bien, ma puce, m'a dit papa, en me déposant.

Je n'ai rien répondu.

J'espérais de tout mon cœur que j'allais bien m'amuser.

CHAPITRE 4

Heureusement que je n'avais pas mis ma robe nounours. Tout le monde était en pantalon. Émily a trouvé mon T-shirt avec les étoiles argentées super. Elle a dit que je scintillais comme une étoile !

Amy a adoré son cadeau.

– Waouh ! Génial, comme ça, j'ai un stylo de chaque couleur ! On les essaie ? a-t-elle proposé.

– Ça va pas ! s'est indignée Chloé. On ne va pas écrire à une fête ! Allez, mets de la musique, on va danser.

Du coup, nous sommes toutes allées dans le salon. Il y avait de grands canapés en velours rouge, des tapis blancs tout moelleux et plein de vases en porcelaine pour décorer.

Chez nous, on ne peut pas avoir ce genre de choses parce que Lily fait trop de bazar. Elle gigote sans arrêt et ses mouvements sont tellement brusques que la porcelaine ne résisterait pas deux jours ! Nous avons dansé en gigotant comme des folles justement, mais la mère d'Amy n'a rien dit. Elle nous a même laissées mettre la musique très fort.

Les deux grandes sœurs d'Amy nous ont appris une super danse. Bella tournait toujours dans le mauvais sens et confondait sa droite et sa gauche, mais Alison et Abby se sont montrées extrêmement patientes. Moi aussi, je me mélangeais un peu les pinceaux au début, mais ensuite, j'ai pris le coup assez vite. Plus vite que Chloé, en tout cas. Amy connaissait déjà les pas et elle se débrouillait très bien, mais pas autant qu'Émily. Émily danse à la perfection.

On a répété l'enchaînement plusieurs fois, jusqu'à ce qu'on le sache même à l'envers (sauf Bella qui, du coup, était de face). Puis on a fait un spectacle aux parents d'Amy, comme un vrai groupe de stars, et ils nous ont applaudies en disant qu'on était géniales.

Ensuite, on a dîné et, pour le dessert, on a eu droit à l'énorme gâteau au chocolat qu'Amy nous avait promis : une génoise au chocolat, fourrée de trois couches de crème au chocolat, avec un glaçage au chocolat et des petits copeaux de chocolat sur le dessus. J'en ai pris une grosse part. Au début, c'était délicieux, mais je n'ai pas pu aller au bout. C'est Bella qui l'a finie pour moi. Et après elle s'est encore resservie. Elle est incroyable.

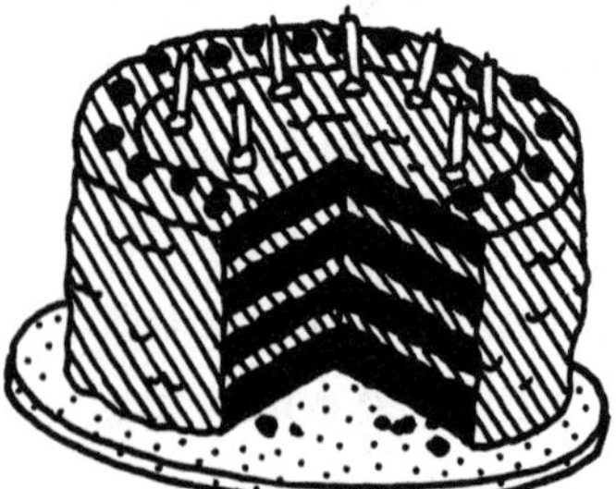

Quand nous avons toutes été repues – même Bella –, nous avons un peu regardé les dessins animés à la télévision, puis nous sommes montées dans la chambre d'Abby et Alison. Elles nous ont laissées essayer leurs jupes, leurs hauts à paillettes et même les chaussures à talons qu'elles mettent pour sortir le soir. On était superbes ! On aurait presque dit de vraies dames !

Amy a de la chance d'avoir deux grandes sœurs comme ça. Abby n'a que trois ans de plus que Lily. Du coup, j'ai imaginé comment cela aurait pu se passer si Lily n'avait pas eu le cerveau abîmé à la naissance : elle aurait pu me prêter des vêtements cool et m'apprendre à danser.

Ça m'a rendu un peu triste, mais ensuite on a regardé des émissions trop drôles à la télé – Amy reçoit je ne sais combien de chaînes ! – et ça m'a remonté le moral. J'étais heureuse assise là, sur ce gros canapé de velours rouge, au milieu de mes amies, entre Amy et Émily. Par contre, je n'ai pas eu autant de chance lorsqu'on est montées dans la chambre pour décider où on allait coucher. Comme Amy a des lits superposés, Bella a pris celui du haut, au-dessus d'elle. Sa mère avait installé un matelas deux places par terre, à côté du lit.

– Émily et moi, on dort là, a décidé Chloé.

– Il est immense, ce matelas, a remarqué Émily. Je suis sûre qu'il y a assez de place pour Daisy aussi.

– Non, on serait trop serrées, a rétorqué Chloé. Elle n'a qu'à prendre l'espèce de lit de camp, dans le coin.

J'ai donc dû me contenter du lit de camp dans le coin. En fait, sur le moment, ce n'était pas trop grave, parce que, une fois en pyjama, on ne s'est pas couchées tout de suite… loin de là ! On a sauté sur le matelas comme sur un trampoline, Amy a mis un CD et on a chanté, puis on s'est peint les ongles de toutes les couleurs avec les vieux vernis d'Abby et Alison.

À dix heures, la maman d'Amy a passé

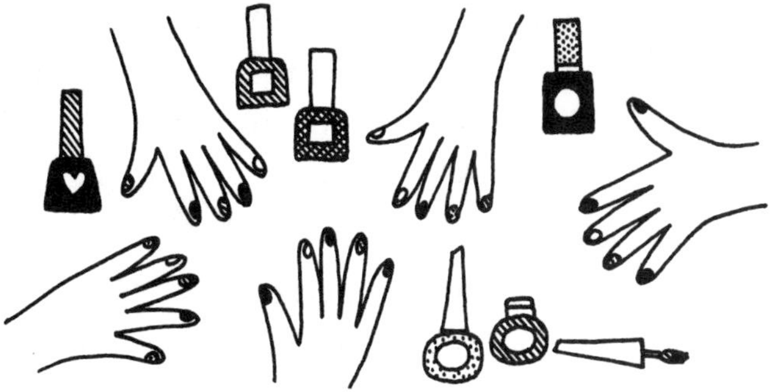

la tête dans l'entrebâillement de la porte pour nous demander de commencer à nous calmer un peu. Mais on ne s'est pas calmées du tout. On est toutes allées dans la salle de bain ensemble pour se brosser les dents (et faire une bataille de mousse à raser). Puis Bella a dit qu'elle avait un petit creux, alors Amy a couru dans la cuisine chercher un gros paquet de chips et les restes de son gâteau d'anniversaire.

On a grignoté les chips et mangé une mini part de gâteau, bien proprement, comme si on était à table… mais ça n'a pas duré longtemps. On a commencé à faire des bêtises comme manger le glaçage au chocolat avec

les doigts ou essayer de mettre le plus de chips possible dans sa bouche. Bella s'est fait un sandwich avec une tranche de gâteau fourrée aux chips. Paraît-il que c'était délicieux, alors elle nous a proposé d'y goûter, mais j'ai préféré refuser. Émily en a pris une grosse bouchée pour lui faire plaisir et, après, on ne l'a plus entendue.

– Qu'est-ce qui se passe, Émily ? a demandé Chloé. Tu ne dors pas déjà quand même ?

Elle a répondu d'une toute petite voix :

– Non, ça va. J'ai juste un peu mal au cœur.

– Beurk ! s'est exclamée Chloé. Je ne sais pas si je vais dormir avec toi, alors. Je ne veux pas que tu me vomisses dessus.

– Mais non, je ne vais pas vomir, a répliqué Émily, d'un ton pas vraiment convaincant.

La maman d'Amy est venue nous dire qu'il fallait vraiment qu'on se couche, maintenant. Elle avait l'air un peu contrariée pour les miettes de chips et les traces de chocolat sur les draps mais elle ne pouvait pas se mettre en colère le jour de l'anniversaire d'Amy. Elle nous a envoyées nous relaver les dents et faire un dernier pipi, puis nous nous sommes couchées, elle nous a dit bonne nuit et elle a éteint la lumière.

Mais bien sûr, on ne s'est pas endormies tout de suite. Amy, Bella, Chloé et moi, on bavardait, on bavardait… et Émily ne disait rien.

– Tu dors, Émily ? ai-je demandé.

– Non.

– Tu as toujours mal au cœur ? s'est inquiétée Chloé.

– Non, a répété Émily.

Mais trente secondes plus tard, elle sautait du lit pour se ruer aux toilettes.

– Beurk beurk beurk ! a fait Chloé. Elle va vomir !

– Je devrais peut-être prévenir ma mère, a proposé Amy.

– Je vais voir comment elle va, ai-je décidé.

Et je suis allée aider Émily. Quand elle a eu fini de vomir, je lui ai nettoyé le visage, je lui ai donné un verre d'eau et je l'ai prise dans mes bras. Elle grelottait.

– Tu es vraiment adorable, Daisy, m'a-t-elle chuchoté. J'aimerais tant que tu sois ma meilleure amie.

– Moi aussi.

On a soupiré, puis on est retournées dans la chambre et Émily s'est recouchée à côté de Chloé.

Sans un bruit, j'ai pris Minuit dans mon sac. Il est venu sous la couette avec moi et on s'est blottis tous les deux dans notre petit lit de camp, tout seuls dans notre coin.

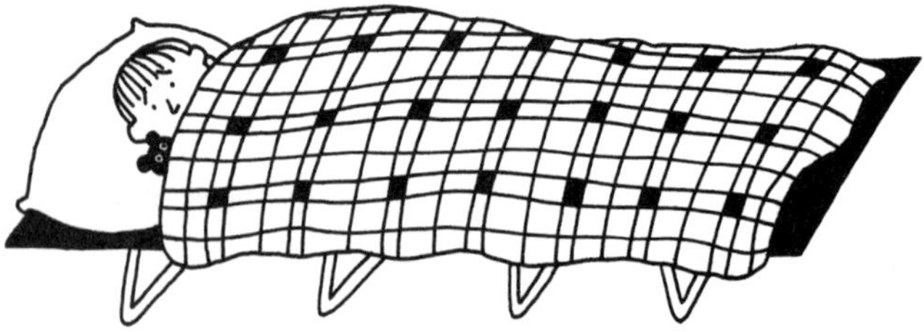

CHAPITRE 5

L'anniversaire suivant, c'était celui de Bella.

– Je vais organiser une soirée pyjama, moi aussi, a-t-elle annoncé.

– Tu vas inviter qui ? a demandé Chloé.

Aussitôt, ma gorge s'est nouée.

– Vous êtes toutes invitées, banane ! a répliqué Bella. Ça va être génial. J'aurai un ÉNOOOORME gâteau.

– Un gâteau au chocolat ? s'est inquiétée Émily.

– Non, pas du tout. Ce sera un gros gâteau bleu... et le chocolat bleu, ça n'existe pas.

– Je ne savais même pas que les gâteaux bleus existaient, a remarqué Chloé.

– Ah ! Ce sera un gâteau original pour un anniversaire très très original, a expliqué Bella. On va toutes aller nager. Mon gâteau d'anniversaire sera recouvert d'un glaçage bleu parce qu'il est en forme de piscine.

C'était très très original, nous étions toutes d'accord. Même Chloé a eu l'air impressionnée.

– Je nage super bien. Bonne idée ! Mais vous verrez, moi, ce que je vous réserve pour ma soirée pyjama, a-t-elle dit.

– Quoi ?

– A-ha ! s'est-elle contentée de répondre.

– Moi, je ne sais toujours pas si je pourrai faire une fête, a soupiré Émily. Chaque fois que je demande à maman, elle me répond que mes copines ne pourront pas dormir à cause de mon petit frère qui pleure toute la nuit, alors ce n'est pas la peine de les inviter ! J'espère qu'elle plaisante… Enfin, elle ne plaisante pas très souvent ces derniers temps, elle est trop fatiguée.

– Ne t'en fais pas, Émily. On n'est pas

toutes obligées de faire une soirée pyjama, me suis-je empressée de répondre. Moi non plus, je ne suis pas sûre que ma mère voudra.

Chloé m'a regardée en fronçant les sourcils.

– Et pourquoi donc ? Tu n'as pas de petit frère, toi.

– Non, j'ai une sœur, mais…

– Mais quoi ?

Mon cœur cognait dans ma poitrine. J'ai haussé les épaules en marmonnant :

– Oh, ben… tu sais…

Sauf que, bien sûr, elle ne pouvait pas savoir.

Si seulement l'état de Lily pouvait s'améliorer d'un coup et que tout s'arrange.

D'après maman, elle progresse à pas de géant depuis qu'elle est dans sa nouvelle école. Sauf que Lily ne sait pas marcher. Même pas à quatre pattes. Alors des pas de géant…

– Mais elle devient plus autonome, a affirmé maman. Elle adore nager, pas vrai, Lily ? Elle barbote comme un petit caneton.

Dans son école spécialisée, il y a une piscine. Mais Lily ne sait pas vraiment nager. Ils l'allongent dans l'eau en la tenant de chaque côté pour qu'elle patauge un peu.

– Moi, je nage drôlement vite maintenant, maman, ai-je annoncé. Hé, je ne t'ai pas dit ? Bella m'a invitée à sa piscine-partie !

– Si, tu me l'as déjà dit et redit, Daisy, a répondu maman.

– Enfin, je dois poser les pieds dans le fond, des fois, ai-je avoué. J'ai peur que les filles sachent mieux nager que moi, surtout Chloé.

– Tu veux que je t'emmène à la piscine

dimanche matin ? a proposé papa. Comme ça tu pourras t'entraîner un peu.

– Bonne idée ! a approuvé maman.

Et elle s'est tournée vers Lily. J'avais peur qu'elles veuillent nous accompagner toutes les deux.

– Ouais, ce serait super, papa. Rien que toi et moi, ai-je répondu précipitamment.

Lily ne pouvait pas comprendre, mais je me sentais un peu coupable de dire ça. Le soir, je suis allée dans son lit et je me suis blottie contre elle.

– Tu aimes vraiment nager, Lily ?

Elle a fait « Re-re-re ». J'ai pris ça pour un oui.

– Eh bien, quand je serai plus grande, je t'emmènerai à la piscine.

Lily a répété « Re-re-re-re », comme si l'idée lui plaisait beaucoup.

Le dimanche, je suis allée à la piscine avec papa et on s'est bien amusés. Il m'a montré comment faire la grenouille avec mes jambes et j'ai nagé longtemps longtemps sans poser une seule fois le pied dans le fond. Puis on a joué à sauter dans l'eau, et ensuite papa a fait semblant d'être un dauphin et il m'a prise sur son dos.

À la petite boutique de la piscine, j'ai trouvé un cadeau original pour Bella. Des super lunettes de plongée turquoise pour qu'elle puisse voir sous l'eau. Moi, je n'en ai pas besoin parce que je n'aime pas mettre la tête sous l'eau.

Malgré mon entraînement avec papa, j'étais encore un peu inquiète, mais le jour de l'anniversaire de Bella, tout s'est passé à merveille. Émily ne nageait pas très bien non plus, alors on est restées dans le petit bain la plupart du temps, à jouer sous les jets d'eau et les palmiers en plastique. On disait qu'on était des naufragés sur une île déserte. Chloé était trop occupée à faire sa petite démonstration pour se soucier de nous : elle voulait absolument montrer comme elle nageait vite et bien. Amy se débrouillait pas mal, mais c'est Bella qui nageait le mieux. Comme dit son père, elle est comme un poisson dans l'eau. Un gros poisson certes, mais c'est une vraie championne ! Elle adore nager sous l'eau alors vous imaginez bien que mes lunettes de plongée ont eu un grand succès !

Ensuite le père de Bella nous a raccompagnées chez elle où le dîner nous attendait. Sa mère avait préparé un IMMENSE buffet. Il y avait six sortes de sandwiches : œufs-mayonnaise, poulet, crevette, banane-fromage frais, bacon-salade-tomate et beurre de cacahuètes-confiture. Il y avait également six sortes de gâteaux : des petits biscuits en forme de lettres (pour le club de l'Alphabet), des roses des sables (cornflakes + chocolat), des brownies, un roulé au cassis, du cake à la carotte et le fameux gâteau-piscine. Il était tout bleu avec cinq petites filles en pâte d'amande qui nageaient au milieu. Jamais je n'avais vu un gâteau d'anniversaire aussi original ! À la place de Bella, je n'aurais jamais osé y toucher, j'aurais préféré le garder !

Mais Bella et moi, on n'est pas pareilles du tout ! Elle l'a coupé avec une pelle à tarte et en a englouti deux parts coup sur coup avant de dévorer les cinq petites nageuses en pâte d'amande.

Comme d'habitude, il a fallu que Chloé dise :

– Attendez de voir mon gâteau d'anniversaire.

– Il sera comment ? a demandé Émily.

– Aha ! s'est-elle contentée de répondre.

J'en avais assez de cette fille. Et je commençais à redouter le moment où on irait se coucher. J'étais sûre que j'allais encore être mise à l'écart. Mais devinez quoi... Les parents de Bella se sont installés dans la chambre d'amis pour nous laisser leur lit. Un immense lit pour nous cinq : Bella, Amy, Chloé, Émily et moi !

Qu'est-ce qu'on s'est amusées ! J'étais au bord mais j'avais Émily à ma gauche et j'ai discrètement glissé Minuit de l'autre côté, sous les draps. On a tellement rigolé que tout le lit tremblait. Bella a sorti une grande boîte de chocolats et nous en a proposé. Émily a poliment refusé, j'en ai pris deux, Amy trois, Chloé cinq et Bella treize !

On a mis un temps infini à se calmer... et puis on a de nouveau eu le fou rire parce qu'à chaque fois qu'une de nous se tournait, toutes les autres étaient obligées de faire pareil. Minuit s'est retourné aussi et Émily a senti ses pattes toutes douces. Elle lui a fait un gros câlin et elle m'a chuchoté à l'oreille :

– Il est trop mignon. Mon nounours à moi, il s'appelle Bouton d'or. Normalement on l'avait offert à mon petit frère mais comme il n'arrête pas de le mâchouiller, je l'ai pris. Il est à moi, maintenant. Je te le montrerai quand tu viendras à mon anniversaire. Enfin si maman veut bien que je fasse une soirée pyjama…

CHAPITRE 6

La mère d'Émily a bien voulu qu'elle organise une soirée pyjama.

– Vous êtes toutes invitées, évidemment ! a-t-elle annoncé. Comme le salon est encombré de bazar pour bébé, maman a proposé de nous emmener pique-niquer. J'espère que ça vous va…

Elle avait l'air un peu inquiète.

– C'est génial, tu veux dire ! me suis-je exclamée. J'adore les pique-niques !

Avec mes parents, on ne peut pas en faire souvent parce que Lily n'aime pas qu'on lui change ses habitudes et elle n'arrive à manger que sanglée dans sa chaise spéciale.

– Moi aussi, j'aime bien pique-niquer, a confirmé Amy.

– Pareil pour moi ! Miam, miam ! C'est trop bon, les pique-niques ! a renchéri Bella.

Nous nous sommes toutes tournées vers Chloé avec un peu d'appréhension.

– C'est une bonne idée. Mais attendez de voir ce que j'ai prévu pour ma soirée pyjama !

– Allez, dis-nous, Chloé ! a supplié Émily.

Mais, comme d'habitude, elle s'est contentée de répondre :

– Aha !

Je commençais à penser qu'elle disait ça juste pour nous énerver. Alors qu'en réalité elle n'avait aucune idée de ce qu'elle allait faire pour son anniversaire.

Elle a remarqué que je la fixais.

– Et toi, Daisy, ta soirée pyjama ?

– Oui… Eh bien quoi ? ai-je répondu d'une petite voix.

– Tu as déjà tout prévu ?

– Euh… oui. Enfin, presque. Mais je ne suis pas encore sûre à cent pour cent que je pourrai en faire une.

Émily m'a souri.

– T'inquiète pas, Daisy. J'ai dû supplier ma mère pendant des semaines avant qu'elle accepte.

– Mais ce n'est pas normal ! a protesté Chloé. Daisy est allée à l'anniversaire d'Amy, à celui de Bella. Elle sera à celui d'Émily. Et elle viendra peut-être au mien, si je l'invite. Alors elle doit nous inviter pour le sien. Sinon elle ne peut pas faire partie du club de l'Alphabet !

– C'est pas juste, me suis-je défendue, c'est moi qui ai fondé ce club !

Chloé a haussé les épaules.

– De toute façon, il est nul, ce club. Il sert à rien.

J'étais furieuse. J'avais des tas d'idées, moi. J'avais appris l'alphabet des sourds où il faut former les lettres avec la main (j'avais trouvé les dessins dans le vieil agenda de mon père) et j'avais essayé de l'enseigner aux autres pour qu'on ait notre code secret à nous. Mais Chloé s'était lassée au bout de cinq minutes, elle n'avait fait aucun effort. Et elle n'avait pas non plus laissé les autres essayer. Ensuite j'avais proposé qu'on s'écrive des messages en mettant dans une couleur spéciale les mots qui commençaient par la même lettre que notre prénom. Et devinez quoi… Chloé a dit que c'était trop compliqué et que ça n'avait aucun intérêt, de toute manière. Alors j'ai suggéré qu'on organise un concours. On devait essayer de remplir une boîte à chaussures d'objets ayant la même initiale que notre prénom. Celle qui en aurait trouvé le plus remporterait un prix. Et je l'avais même acheté avec mon

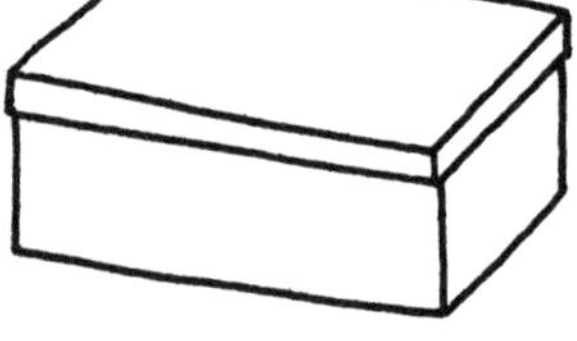

argent de poche : c'était un joli carnet avec écrit ABC de toutes les couleurs sur la couverture. Amy, Bella et Émily ont trouvé l'idée géniale. Chloé a dit que ça pouvait être amusant. J'avoue que j'étais assez fière de mon idée… et que j'espérais gagner le carnet. Dans ma boîte à chaussures, j'avais déjà mis un dé, un domino, un dalmatien, un cachet de Doliprane, un doughnut*, un dinosaure en plastique, un mini dico, un dahlia que j'avais cueilli dans le jardin, et une bague avec une pierre brillante qui ressemblait à un diamant. Ça se présentait plutôt bien. Mais Chloé a tout gâché : elle a rempli sa boîte de caramels. Elle

* Un beignet rond avec un trou au milieu.

avait dû en acheter je ne sais combien de paquets !

– Voilà ! Il y en a plus de cent. J'ai gagné alors donne-moi le carnet.

– Mais on devait trouver des objets différents ! ai-je protesté.

– Tu ne l'avais pas précisé.

– Je pensais que c'était évident.

– Ce qui est évident, c'est que tu es mauvaise joueuse, a répliqué Chloé. Je veux mon carnet !

J'ai bien été obligée de le lui donner, même si Émily et Amy étaient d'accord avec moi : ce n'était pas juste. Bella était trop occupée à manger les caramels pour faire le moindre commentaire.

Je ne pouvais plus supporter Chloé. J'ai décidé que je ne voulais pas aller à sa soirée pyjama, mais j'avais très très envie d'aller à celle d'Émily. Je me suis creusée la tête pour trouver une bonne idée de cadeau. Maman m'a emmenée faire des courses le samedi matin. J'ai passé des heures à regarder les stylos, les crayons, les carnets, mais rien ne me semblait assez beau pour Émily.

Au début, Lily était de bonne humeur, penchée sur le côté, elle rêvassait. Mais au bout d'une heure, elle a commencé à s'agiter. Et à faire du bruit, beaucoup de bruit.

– La ferme, Lily ! ai-je sifflé. Pourquoi faut-il que tu gâches toujours tout ?

– Eh, eh, du calme ! est intervenue maman. Lily n'y est pour rien. Elle a été très sage aujourd'hui. C'est toi qui es de mauvaise humeur, Daisy.

– Je ne sais pas quoi choisir ! ai-je explosé, au bord des larmes. Je ne peux pas arriver sans cadeau à l'anniversaire d'Émily. Et c'est cet après-midi !

– Des cadeaux, toujours des cadeaux, a soupiré maman. Ça devient un peu pénible. Mais bon… C'est bientôt ton anniversaire, à ce propos. Tu veux toujours organiser une soirée pyjama ?

– Oui. Non. Je ne sais pas, ai-je répondu.

Je n'avais pas envie de penser à mon

anniversaire. Il y avait celui d'Émily d'abord. J'avais hâte d'aller chez elle. Elle avait promis de me montrer son nounours, Bouton d'or.

Et soudain je me suis écriée :

– J'ai une idée !

Nous avons foncé au rayon jouets. Il y avait une étagère remplie d'ours en peluche que j'ai examinés les uns après les autres : de gros nounours grognons, des petits riquiqui, des ours dodus vêtus de gilets de soie, des ours tout doux aux pattes de velours, des ours qui sourient, des ours tristes, des ours bêtas et, tout au bout, une petite oursonne. Rose avec une robe à bretelles bleue brodée d'une fleur blanche.

– C'est le cadeau d'anniversaire idéal pour Émily ! me suis-je exclamée.

CHAPITRE 7

Émily a adoré son cadeau. Elle m'a serrée fort dans ses bras.

– Oh, Daisy, elle est adorable ! D'ailleurs, je vais l'appeler Daisy !

– Les ours, c'est pour les bébés, a commenté Chloé. Trop nul.

Et elle a offert son cadeau à Émily. C'était un CD spécial filles et elle avait laissé le prix pour bien montrer qu'il coûtait cher. Émily l'a serrée dans ses bras elle aussi. Elle nous a toutes serrées dans ses bras. Elle était tellement contente qu'elle était rose de plaisir. Presque de la même couleur que Daisy l'oursonne.

Chloé a voulu qu'on mette son CD pour danser un peu. Mais la maman d'Émily préférait qu'on évite parce que Ben, son petit frère, était en train de faire la sieste et que, en plus, il n'y avait pas trop de place dans le salon. Elle nous a proposé de sortir jouer une petite demi-heure dans le jardin en attendant de partir pique-niquer.

Alors on est sortis avec le papa d'Émily et on a joué au foot. Émily a eu le droit de former son équipe, vu que c'était son anniversaire. Elle a choisi Chloé et puis moi. Son père est allé dans l'équipe d'Amy et Bella, mais devinez quoi… on les a battus ! Émily joue super bien et Chloé est très douée pour bousculer les gens et les empêcher de prendre le ballon. Et, je ne voudrais pas avoir l'air de me vanter, mais je me débrouille pas mal non plus.

Chaque fois qu'on marquait un but, on se sautait au cou en chantant : « On est les championnes, on est les championnes, on est, on est, on est les championnes ! » Ça m'a fait bizarre de serrer Chloé dans mes bras. Peut-être qu'on était devenues amies…

En fin de compte, je crois que non. Au moment de partir pique-niquer, Émily a voulu que j'emmène Minuit tandis qu'elle prenait Bouton d'or et Daisy.

– Ça va pas ! s'est exclamée Chloé. Qu'est-ce que vous fabriquez ?

– On invite nos petits ours au pique-nique ! a répondu Émily.

– Plus on est d'oursons, plus on rit, ai-je renchéri.

Émily et moi, on a entonné une comptine, *Promenons-nous dans les bois*…. Amy et Bella se sont jointes au chœur.

Nous avons continué à chanter dans la voiture. Même les parents d'Émily chantaient. Et son petit frère Ben essayait de nous accompagner comme il pouvait. Chloé, elle, ne chantait pas. Assise dans son coin, elle soupirait et marmonnait qu'on était tous de vrais bébés. Le papa d'Émily s'est garé à l'entrée du parc. En descendant de voiture,

Chloé m'a poussée et je suis tombée par terre. J'ai sali mon pantalon tout neuf et je me suis fait mal aux genoux. Je me suis mordue les lèvres pour ne pas pleurer.

– Tu l'as fait exprès, Chloé ? a demandé la maman d'Émily.

– Bien sûr que non. Je voulais l'aider à descendre. C'est un accident.

C'était accidentellement fait exprès, oui. J'ai enfoui mon visage dans le cou de Minuit.

– Oh, le gros bébé avec son nounours ! s'est moquée Chloé.

J'aurais aimé que Minuit soit un vrai ours et qu'il la dévore toute crue.

On a organisé un autre match de foot, mais comme j'avais les genoux pleins de sang qui collaient à mon pantalon, ça me faisait mal quand je courais et je ne pouvais pas jouer. Alors je suis restée assise sur la couverture avec la maman d'Émily et Ben, son petit frère.

Bah, ce n'était pas si mal. Comme le bébé commençait à pleurnicher, elle m'a laissée lui donner le biberon. J'ai l'habitude d'aider les gens à boire. Je sais parfaitement comment m'y prendre.

– Une vraie petite maman, m'a-t-elle complimentée. Tu as un petit frère, toi aussi ?

– Non, j'ai… une sœur, ai-je expliqué en redressant Ben pour qu'il fasse son rot.

– Elle est encore bébé ?

– Non, pas vraiment, ai-je répondu évasivement.

– En tout cas, je suis ravie que tu sois amie avec Émily. Tu peux venir à la maison quand tu veux, Daisy. Tu seras toujours la bienvenue.

Toute contente, j'ai embrassé Ben sur le bout du nez. Chloé tapait des pieds en râlant parce qu'Amy et Bella avaient réussi à marquer un but. La maman d'Émily a froncé les sourcils. Visiblement, elle n'était pas très contente que Chloé soit amie avec sa fille !

Moi, j'ai souri. Émily est venue vers moi en courant.

– Comment vont tes pauvres genoux, Daisy ?

– É-MI-LY ! Reviens ! hurlait Chloé. Tu joues ou quoi ?

– Non, j'arrête. Ce n'est pas drôle sans Daisy, a répondu Émily.

– De toute façon, maintenant que Ben a mangé, on va pouvoir pique-niquer ! s'est empressée d'annoncer sa maman, avant que Chloé pique une autre crise.

C'était délicieux : des cuisses de poulet, des tomates cerises, une baguette croustillante, des chips, des pommes… et un super gâteau d'anniversaire en forme de nounours ! Émily a tenu à en couper une petite part pour Daisy, Bouton d'or et Minuit.

– Si j'avais su, j'aurais aussi amené mon

ours, a remarqué Bella. C'est trooop bon, Émily. Enfin, je préfère quand même le gâteau au chocolat. Tu n'aimes plus ça ?

– Non, plus du tout, a répondu Émily d'un ton assuré.

Et apparemment, elle n'aimait plus Chloé non plus ! Une fois de retour chez elle, on s'est mises en pyjama. Quand j'ai retiré mon pantalon, mes genoux se sont remis à saigner. Émily était bouleversée.

– Oh, ma pauvre !

Elle s'est tournée vers Chloé.

– Regarde, tu as vu l'état de ses genoux ? a-t-elle demandé sèchement.

Chloé a haussé les épaules.

– J'ai pas fait exprès, je te l'ai déjà dit.

– Ma pauvre Daisy, a fait Bella.

– Oui, tu es toujours si courageuse ! a ajouté Amy.

Émily m'a passé un bras autour du cou pendant que sa maman nettoyait mes écorchures avec un produit qui piquait avant de me mettre un pansement.

– Je ne vois pas pourquoi vous en faites toute une histoire ! a marmonné Chloé. Ce n'est qu'une petite égratignure.

– N'en rajoute pas, Chloé, a riposté Émily.

Et vous ne devinerez jamais quoi ! Elle m'a proposé de dormir avec elle dans son lit. Amy et Bella ont pris l'autre lit. Et Chloé s'est retrouvée par terre sur un matelas toute seule.

CHAPITRE 8

Je n'étais pas sûre que Chloé allait m'inviter à sa soirée pyjama, surtout maintenant qu'Émily était presque ma meilleure amie.

Chloé avait préparé de belles invitations, chacune d'une couleur différente. Rouge pour Émily, bleue pour Bella, orange pour Amy. Moi, je n'en avais pas, quelle surprise !

– Et Daisy ? s'est inquiétée Émily.

– Qui ? a fait Chloé comme si elle n'avait jamais entendu parler de moi.

– Arrête, Chloé. Daisy, a répété Émily en me prenant par les épaules.

– Tu ne l'as pas oubliée, quand même ? s'est étonnée Amy.

– Je ne l'ai pas oubliée, a répondu Chloé, mais ma mère ne veut pas que j'invite plus de trois personnes à ma soirée pyjama. Donc j'ai choisi Émily, Amy et Bella, c'est comme ça.

– Moi, je trouve ça nul ! a répliqué Émily, qui était toute rouge.

– Ce n'est pas juste, a remarqué Amy.

Bella m'a pris la main.

– Pauvre Daisy !

– Oui, pauvre Daisy, a renchéri Chloé, comme si elle était vraiment désolée.

Tu parles !

– Il faut que tu l'invites aussi, Chloé ! a insisté Émily, de plus en plus rouge.

– Écoute, ce n'est pas ma faute. C'est ma mère.

– Ta mère te laisse faire tout ce que tu veux, tu le sais très bien. Tu es vraiment trop injuste ! a affirmé Émily.

– Non, c'est tout à fait juste. Je suis allée à ta soirée pyjama et à celle d'Amy et à celle de Bella, mais pas à celle de Daisy. Elle n'est même pas sûre de pouvoir en faire une.

– Tu es méchante, c'est tout, Chloé.

– Ne commence pas à me faire la morale, Émily, sinon je ne t'invite pas non plus, même si tu es ma meilleure amie, a-t-elle menacé.

– Laisse tomber, Émily, ai-je murmuré.

– Non, je ne laisse pas tomber ! a-t-elle

répliqué. Je n'irai pas à cet anniversaire si Daisy n'est pas invitée.

Elle s'est tournée vers Amy et Bella.

– Vous n'irez pas non plus, hein ?

Amy et Bella ont eu l'air d'hésiter. Mais Bella a fini par secouer la tête en répondant :

– Non, on n'ira pas.

Amy a secoué la tête également.

Chloé leur a lancé un regard noir. Elle avait l'air prête à gifler Émily. Et moi, on aurait dit qu'elle avait envie de m'étrangler.

– Je m'en fiche complètement ! a-t-elle affirmé avant de nous tourner le dos.

– Oh, là, là ! a soufflé Amy.

– Mince, elle avait prévu un immense gâteau au chocolat, a soupiré Bella.

– Elle va vraiment me détester, maintenant, a constaté Émily. Je la connais… J'ai déjà essayé de m'éloigner d'elle, mais il vaut mieux être son amie que son ennemie.

– Dire que tout est de ma faute ! me suis-je exclamée.

Je me sentais affreusement coupable.

Émily, Bella et Amy ont essayé de me consoler, mais je m'en voulais terriblement. Je n'en ai pas parlé à maman en arrivant à la maison. Je n'en ai pas parlé à papa lorsqu'il est rentré du travail.

J'ai attendu le soir. Je me suis glissée dans le lit de Lily, je me suis blottie contre elle et je lui ai tout raconté.

Lily m'a répondu :

– Re-re-re-re-re.

Je savais qu'en « langage Lily », ça voulait dire : « Cette Chloé est une sale petite peste. »

– J'ai peur qu'elle soit encore pire qu'avant, ai-je murmuré. J'ai l'habitude qu'elle soit méchante avec moi, mais ça serait affreux qu'elle s'en prenne aussi à Émily.

– Re-re-re-re-re, a fait Lily comme si elle voulait dire : « Ne t'inquiète pas, Daisy. »

Mais je m'inquiétais. Énormément. Je n'ai presque pas dormi de la nuit. Mais devinez quoi... Le lendemain matin,

Chloé a déposé une enveloppe rose sur mon bureau.

– J'ai réussi à convaincre ma mère, a-t-elle expliqué. Tu viens à ma soirée pyjama, Daisy. Et toi aussi, Émily. Et Amy et Bella.

– Oh, super, Chloé ! s'est exclamée Émily en la serrant dans ses bras. C'est génial, hein, Daisy ?

Je n'en étais pas si sûre. J'avais raison car Chloé m'a murmuré à l'oreille :

– C'est parce que j'étais obligée, mais je n'avais pas vraiment envie que tu viennes, Daisy.

Et moi, je n'avais pas envie de lui acheter un cadeau d'anniversaire. Surtout pas un cadeau qui lui ferait plaisir. Mais lorsque je suis allée au vidéoclub vendredi soir avec papa, il y avait un DVD en promotion : *Cauchemar en pyjama*. C'était le cadeau idéal pour Chloé.

Maman était un peu en colère que papa ait acheté ça.

– Ce n'est pas un film pour les enfants, elles vont avoir peur.

– Cette Chloé m'a l'air bien plus terrible que tous les films d'horreur ! a-t-il répliqué.

C'est lui qui m'a emmenée chez elle le samedi parce qu'il voulait voir à quoi elle ressemblait. Mais il a eu l'air surpris en la découvrant : Chloé est toute petite, toute mignonne, avec de grands yeux bleus et des boucles blondes. C'est carrément écœurant, quand on y réfléchit.

Devant mon père, elle m'a fait un grand sourire.

– Ooh, il a l'air génial, ce film ! s'est-elle exclamée. J'espère que je ne vais pas avoir trop peur. Merci beaucoup, Daisy.

Mais dès que mon père a été parti, elle m'a tiré la langue et a jeté le DVD par terre.

– Je l'ai déjà vu, c'est nul ! Ça ne fait pas peur du tout. Tu as choisi un film de bébé, ça ne m'étonne pas de toi, Daisy-gnan-gnan.

CHAPITRE 9

– Allez, viens, Daisy, m'a ordonné Chloé. On est toutes dans la cuisine. Puisque tu es là, suis-moi.

La cuisine de Chloé était immense, très design et étincelante avec des tas de placards, de fours et d'appareils ménagers. Et sa mère étincelait autant que sa cuisine. Elle portait un haut blanc à paillettes, un pantalon en satin blanc et un petit tablier rose et blanc à volant par-dessus. On l'aurait facilement prise pour la grande sœur de Chloé plutôt que pour sa mère.

Émily, Amy et Bella étaient debout autour d'une table, enveloppées dans d'immenses tabliers, les manches retroussées.

– Salut, Daisy ! m'a lancé Émily. On est en train de faire des pizzas. C'est trop drôle !

– On peut mettre ce qu'on veut dessus, a précisé Amy en garnissant sa pizza d'un damier de pepperoni et de tomates.

– Et voici la délicieuse pizza Bella, a annoncé Bella en recouvrant la pâte de coulis de chocolat.

– Tu vois, je t'avais bien dit que mon anniversaire serait super, m'a fait remarquer Chloé. La soirée pyjama la plus géniale du monde.

– Pour la petite fille la plus géniale du monde, a renchéri son père, qui venait d'arriver dans la pièce.

Autant la mère de Chloé était jeune, autant son père avait l'air vieux, avec son crâne chauve et sa grosse bedaine. Il s'est aussi préparé une pizza, avec tous les ingrédients possibles et imaginables dessus !

– Waouh ! a sifflé Bella, impressionnée.

– Et toi, qu'est-ce que tu vas mettre sur la tienne, Daisy ? m'a demandé Émily.

Je me suis creusé les méninges, puis j'ai annoncé :

– Je vais faire Monsieur Pizza.

J'ai saupoudré le haut de mon rond de pâte de fromage râpé pour figurer les cheveux. Puis j'ai mis des olives noires pour les yeux, un morceau de poivron jaune en guise de nez et une lamelle de poivron rouge en forme de bouche qui sourit. J'ai disposé une tomate cerise de chaque côté pour les joues et, pour faire des boucles d'oreilles et un collier, j'ai ajouté des cubes d'ananas au sirop.

– Tu as toujours de bonnes idées, Daisy ! s'est exclamée Émily.

– Elle est tellement belle que tu ne vas pas oser la manger ! a commenté Bella.

– Et si tu mettais des anchois pour les sourcils ? a proposé Amy.

– Non, ce serait joli, mais j'ai horreur de ça !

Je trouvais que ça ressemblait à des vers de terre gluants. J'en avais la chair de poule rien que d'y penser.

Chloé n'a rien dit, mais quand on a suivi son papa dans la salle à manger, elle est restée dans la cuisine pour aider sa maman à mettre les pizzas au four.

Son père nous a préparé un délicieux cocktail de jus de fruits, comme un vrai barman. Et pour décorer les verres, il ne s'est pas contenté de petites ombrelles, comme chez Amy, il a mis des mélangeurs avec des têtes de Mickey, une brochette de fruits et des glaçons en forme d'étoiles.

Nous avons trinqué et, quand Chloé est entrée dans la pièce, nous avons entonné *Joyeux anniversaire* tous en chœur. C'était le père de Chloé qui chantait le plus fort et, à la fin, il avait les larmes aux yeux. Puis il nous a demandé de passer à table. Nous avions chacune un petit cadeau dans notre assiette : un bracelet argenté avec notre initiale. A, B, C, D ou E. Celui de Chloé était en or, avec des tas de petits cœurs qui pendaient.

– De l'or véritable pour une petite fille en or ! a commenté son père.

– Et j'ai les boucles d'oreilles assorties : deux petits cœurs en or ! s'est exclamée Chloé en remontant ses cheveux. J'ai eu le droit de me les faire percer pour mon anniversaire.

Nous l'avons toutes regardée avec envie. Moi, maman a dit que je devrais attendre d'avoir seize ans pour me les faire percer !

La mère de Chloé est arrivée avec les deux premières pizzas. Elle avait retiré son tablier. Son haut était tellement court qu'on voyait son nombril… et elle avait un piercing ! Trop cool… Je n'avais jamais imaginé que certaines mamans avaient la taille fine et le ventre plat. Parce que ce n'est pas le cas de la mienne.

Elle a servi sa fille et Émily. Puis elle est allée chercher les pizzas d'Amy et de Bella.

– Tu es sûre que tu voulais une pizza au chocolat, Bella ? s'est-elle inquiétée en posant devant elle sa pizza toute marron.

– Oui, oui, miaaam ! C'est ce que je préfère au monde !

– Bon, je vais te rapporter des pépites de chocolat pour mettre par-dessus alors, a proposé la maman de Chloé.

Elle plaisantait, mais Bella s'est écriée :

– Oh oui ! Ce serait chouette !

Alors elle est retournée chercher les pépites de chocolat en même temps que ma pizza.

– Tu dois aimer les anchois autant que Bella aime le chocolat, Daisy, a-t-elle remarqué.

Je l'ai regardée sans comprendre, puis j'ai baissé les yeux vers mon assiette. Monsieur Pizza avait toujours ses cheveux en fromage, ses yeux en olive et sa bouche en poivron, mais tout l'espace entre était recouvert d'anchois. Des centaines d'anchois gris et gluants !

– C'est très réussi, ma puce, m'a félicitée la maman de Chloé. Mais j'ai peur que tu sois malade si tu manges autant d'anchois.

– Mais je… je n'aime pas les anchois, ai-je murmuré.

– Alors pourquoi en as-tu mis sur ta pizza ? s'est esclaffée Chloé.

Elle était pliée de rire.

Je n'avais pas mis d'anchois sur ma pizza.

Mais je savais qui avait fait le coup.

Ce devait être Chloé. Et je ne pouvais rien dire parce que c'était son anniversaire. De toute façon, ses parents ne m'auraient jamais crue. Ils pensaient que Chloé était la plus adorable petite fille au monde. Je savais que c'était la pire peste de l'univers.

J'ai essayé de manger les cheveux de Monsieur Pizza mais même le fromage avait le goût d'anchois. Comme s'ils étaient encore vivants et qu'ils s'étaient faufilés partout. Je n'ai pas pu avaler une seule bouchée.

– C'est un peu du gâchis, Daisy. Enfin, ce n'est pas grave, tu vas te rattraper sur le gâteau, m'a assuré la mère de Chloé.

Je n'avais jamais vu un gâteau pareil. Il était IMMENSE, comme une pièce montée de mariage, avec trois étages recouverts de glaçage blanc : en bas, un cake aux cerises nappé de pâte d'amande ; au milieu, un gâteau au chocolat avec plusieurs couches de crème au beurre ; et en haut, une génoise vanille fourrée à la confiture de fraise et à la crème fraîche. Tout autour, il était écrit en lettres argentées « Happy Birthday » et il y avait plein de petits cœurs argentés partout.

– T'inquiète, je vais te servir une part spéciale, truffée d'anchois, m'a chuchoté Chloé.

Je crois qu'elle blaguait. Mais n'empêche, je n'ai pas pu manger une seule miette de ce magnifique gâteau. Je me suis contentée de regarder les autres se régaler. (Bella a pris une grosse part de chaque étage.)

J'avais les lèvres qui tremblaient et les yeux qui piquaient, mais j'étais déterminée à ne pas pleurer devant Chloé.

Je n'ai pas pleuré lorsque nous sommes montées dans sa chambre et que j'ai découvert qu'elle m'avait réservé le sac de couchage tout seul près de la porte.

Je n'ai pas pleuré non plus pendant le film d'horreur. C'était l'histoire d'un enfant diabolique dont l'ours en peluche était possédé par le démon. Il étouffait les enfants dans leur sommeil et finissait déchiqueté en morceaux. J'étais contente que Minuit soit resté dans mon sac sinon je crois qu'il aurait pleuré.

Je n'ai pas pleuré quand je n'ai pas réussi à fermer le verrou des toilettes et que Chloé a ouvert la porte alors que j'étais en train de faire pipi pour faire rigoler tout le monde.

Je n'ai pas pleuré lorsque nous nous sommes mises au lit (enfin, moi, je me suis mise dans mon sac) et que nous avons regardé un film encore plus horrible sur un esprit maléfique qui s'introduisait dans un dortoir de lycée pour tuer les filles les unes après les autres.

– Ça fait trop peur, Chloé ! a protesté Émily.

– Ça a l'air tellement vrai, a renchéri Amy, le pouce dans la bouche.

– On ne pourrait pas regarder autre chose ? a demandé Bella. Ça va m'empêcher de dormir, ces histoires de fantômes.

– Ne t'en fais pas, a répliqué Chloé. Si l'esprit maléfique entre dans la chambre, il tuera Daisy d'abord, elle est plus près de la porte. Et puis, de toute façon, on n'est pas là pour dormir !

Ça, c'est sûr. Je n'ai pas fermé l'œil. J'ai passé la nuit roulée en boule dans mon duvet, à serrer Minuit dans mes bras. Mais soudain il s'est changé en ours diabolique et il a voulu m'étouffer. J'ai dû le coincer entre mes genoux. Je les avais remontés sous mon menton parce que j'avais peur des anchois qui gigotaient au fond de mon sac de couchage. Et de l'esprit maléfique qui poussait des gémissements sinistres derrière la porte, prêt à se jeter sur moi…

CHAPITRE 10

– C'est bientôt ton anniversaire, Daisy, m'a rappelé maman.

Je n'ai rien répondu.

Lily, elle, a fait :

– Re-re-re-re-re.

Elle était allongée sur le tapis et je la chatouillais.

– Je suppose que tu veux faire une soirée pyjama, comme tes copines, a poursuivi maman.

Je n'ai rien répondu.

Lily a crié :

– RE-RE-RE-RE-RE !

– Daisy, je te parle ! Et arrête de chatouiller Lily.

– Elle aime ça. Pas vrai, Lily ?

– RRE-RRE-RRE-RRE-RRE !

– Elle va s'énerver. Arrête, maintenant.

– RRRRRRRE ! RRRRRRRE !

Lily s'est tellement énervée qu'elle s'est mise à pleurer et on ne pouvait plus l'arrêter. Elle a pleuré à s'en rendre malade. Maman a dû monter pour la changer et essayer de la calmer.

Ses pleurs se sont affaiblis petit à petit, elle commençait à s'épuiser. Puis, enfin, elle s'est tue. Au moins, l'avantage, c'était qu'après ses crises de larmes, elle dormait pendant des heures.

Il n'y avait plus un bruit dans la maison. Je me suis tournée vers papa. Je pensais qu'il était en colère après moi. Il a allumé la télévision. Puis il l'a éteinte et il m'a fait signe de venir m'asseoir sur ses genoux.

– Un petit câlin ? m'a-t-il proposé.

J'étais surprise, mais ravie. Il m'a prise dans ses bras et m'a embrassée sur le sommet du crâne. Puis il a fait semblant de me manger les cheveux, comme un mouton broute de l'herbe. Scrunch, scrunch, miam, miam.

– J'adore quand tu fais ça, papa. Ça faisait longtemps, dis donc !

– Je vais essayer de rentrer plus tôt de mon travail de temps en temps. Je ne te vois pas assez, Daisy. Et maman a tant à faire avec Lily, la pauvre !

– Oui, ai-je soupiré. Je suis désolée de l'avoir énervée, ai-je ajouté d'une petite voix.

– Ce n'est pas grave, ma puce. Tu voulais t'amuser, c'est tout.

– Oui, mais j'y suis allée un peu trop fort, ai-je reconnu.

– Ne parlons plus de Lily. Parlons de toi… et de ton anniversaire.

Je n'ai pas répondu.

– Qu'est-ce qu'il y a ? s'est inquiété papa.

– Rien.

– Rien ! a répété papa. Attention, si c'est comme ça, je vais te chatouiller jusqu'à ce que tu me dises ce qui te tracasse. Allez, raconte-moi tes malheurs, Miss Grognon.

Il m'a fait des guilis sous le menton, jusqu'à ce que je m'écroule, tordue de rire. Je gigotais en suppliant :

– Non, non, arrête !

– Alors dis-moi ce qui se passe.

– Rien du tout, papa, je te promets. C'est juste que… je n'ai pas vraiment envie de faire une soirée pyjama pour mon anniversaire.

– Mais je croyais que c'était la dernière mode. Tu en avais presque tous les week-ends récemment.

– Je sais.

– À toi d'inviter tes amies, maintenant.

– Mais… je n'ai pas envie.

– Pourquoi ?

J'hésitais.

Papa a collé sa joue contre la mienne et m'a chuchoté :

– C'est à cause de Lily ?

– Un peu…

– Eh bien, on peut tout à fait expliquer à tes amies que Lily a des petits problèmes.

– Oui, mais elles risquent de réagir bizarrement. Pas Émily. Elle est adorable. Et Bella est gentille. Amy aussi. Mais Chloé… c'est une vraie peste.

– La petite blonde aux cheveux bouclés ?

– Oui, ai-je répondu d'un ton sinistre.

– Eh bien, c'est simple, a affirmé papa. Tu n'as qu'à inviter Émily, Bella et Amy, mais pas Chloé.

– Tu crois ?

– Bien sûr. C'est ton anniversaire. Personne ne peut te forcer à inviter des gens que tu n'aimes pas.

– Mais quand Chloé avait décidé de ne pas m'inviter à sa soirée pyjama, Émily, Amy et Bella ont dit que ce n'était pas juste.

– Elles apprécient toutes Chloé ? s'est étonné papa.

– Euh… en fait, je crois qu'elles ont peur d'elle.

– Alors elles seront sûrement contentes qu'elle ne soit pas invitée.

– Et moi, je serai super super contente ! me suis-je exclamée en sautant sur les genoux de papa.

– Parfait, Miss Sourire. Tout est réglé, alors, a conclu papa, satisfait.

Mais c'était loin d'être réglé.

Maman a décrété qu'il fallait que j'invite Chloé.

– Ce ne serait pas juste sinon. Tu es allée à son anniversaire, Daisy, tu dois l'inviter au tien.

– Mais elle ne voulait pas que je vienne, maman ! ai-je protesté. Elle ne voulait pas m'inviter. Elle est méchante avec moi. Elle essaie de monter les autres contre moi à l'école. Et à sa soirée pyjama, elle n'a pas arrêté de m'embêter.

– Pourquoi tu ne m'en as pas parlé ?

– Eh bien, voilà, je t'en parle !

– Non, je veux dire à l'époque, bécasse.

– Il fallait que tu t'occupes de Lily. Tu t'occupes sans arrêt de Lily.

– Non. Pas toujours. Enfin, bref, j'ai bien peur d'avoir déjà proposé à Chloé de venir. Sa mère m'a appelée après son anniversaire. Elle avait peur que tu couves quelque chose parce que tu n'avais rien mangé, ma puce.

– Tu parles, Chloé avait recouvert ma pizza d'anchois !

J'en tremblais encore... si fort que j'ai failli tomber des genoux de papa.

– Ah..., a soupiré maman. J'ai dit à la maman de Chloé que tu allais faire une soirée pyjama toi aussi... et j'ai invité Chloé.

– On ne pourrait pas la désinviter, cette petite peste ? a suggéré papa en me serrant dans ses bras.

– Non, ce serait trop méchant.

– Mais elle est méchante.

– Elle ne pourra pas être méchante avec toi dans ta propre maison, le jour de ton anniversaire, chérie, m'a rassurée maman.

J'étais sûre que Chloé trouverait un moyen de gâcher la fête.

Je n'en ai pas dit davantage à papa. Je n'en ai pas dit davantage à maman. Mais le soir, lorsqu'ils ont été couchés, je me suis glissée dans le lit de Lily. Elle avait dormi des heures et des heures, mais maintenant elle était bien éveillée.

– Je déteste Chloé, ai-je murmuré.

– Re-re-re-re-re, a fait Lily, comme si elle partageait mon avis.

– Elle est trop méchante avec moi.

– Re-re-re-re-re.

J'ai réfléchi un instant avant de reprendre :

– Ça arrive que je sois méchante avec toi, Lily. Est-ce que tu me détestes, parfois ?

– Re-re-re-re-re, a répondu Lily. Re-re-re-re-re.

J'espérais qu'elle disait qu'elle ne me détestait pas parce que j'étais sa sœur.

– Moi, je t'aime parce que tu es ma sœur, Lily, ai-je dit. Et si Chloé est méchante avec toi, je te défendrai, tu verras.

CHAPITRE 11

Le samedi matin, papa et maman m'ont chanté *Joyeux anniversaire*. Lily chantait aussi en criant de plus en plus fort :

– RE-RE-RE-RE-RE !

– Ça va recommencer, maman, me suis-je inquiétée. Elle est trop excitée.

– Ce n'est pas grave.

– Toute la famille est surexcitée, parce que c'est ton anniversaire, Daisy, est intervenu papa.

Ils m'avaient préparé un petit déjeuner d'anniversaire : croissants, confiture de cerise et chocolat chaud – miam, miam !

– On pourra boire du chocolat chaud

aussi, ce soir, avec mes copines ? ai-je demandé. À mon avis, Bella adore ça.

– Bien sûr, a répondu maman.

– Mais Émily n'aime plus le chocolat, me suis-je souvenue.

– On lui trouvera autre chose, ne t'en fais pas.

– Quelque chose de bon… parce que c'est presque ma meilleure amie, ai-je affirmé.

– Et Chloé, qu'est-ce qu'elle va boire ? m'a taquinée papa. Une tasse d'eau de vaisselle sale bien grasse ?

J'ai éclaté de rire. Maman a froncé les sourcils, mais elle n'a pas pu s'empêcher de pouffer elle aussi.

Après le petit déjeuner, papa a emmené Lily faire une longue promenade dans son fauteuil roulant pendant que, maman et moi, on rangeait tout et on préparait mon gâteau d'anniversaire. J'ai mélangé les ingrédients puis j'ai versé la pâte dans le moule. Maman m'a laissée racler le saladier à la cuillère (puis avec mon doigt, puis avec ma langue !). On a fait des cookies au chocolat blanc pendant que le gâteau refroidissait, et après on l'a décoré.

Elle a pris un couteau très pointu et s'est mise à le couper.

– Maman ! On ne coupe pas le gâteau avant que les invités soient là ! me suis-je indignée. Qu'est-ce que tu fabriques ? On ne l'a même pas décoré !

– Je sais ! Tu vas voir, personne n'a jamais eu un gâteau pareil ! Regarde.

J'ai regardé.

Maman coupait délicatement de petits morceaux de gâteau à intervalle régulier. Il commençait à avoir une drôle de forme… Et soudain, j'ai compris.

– C'est une fleur ! Oh, maman, c'est super !

Elle a découpé chaque pétale avec soin, puis on l'a recouvert d'un beau glaçage blanc.

– Il est magnifique ! me suis-je exclamée en trempant une petite chute de gâteau dans le glaçage. Et délicieux aussi ! Miam !

– Attends, ce n'est pas tout à fait fini.

Elle a mélangé du colorant jaune au glaçage qui restait et en a badigeonné le centre du gâteau. On aurait dit une vraie pâquerette* ! Quand il a été bien sec, elle a écrit « Happy Birthday, Daisy » en rose par-dessus. Il était superbe, surtout lorsque maman l'a glissé sur une de nos plus belles assiettes vertes, en parsemant le tour de petites barrettes-fleurs. Je les ai comptées : il y en avait vingt-quatre. Quatre pour chacune et six pour Émily et moi.

* En anglais, *daisy* signifie « pâquerette ».

– Non, ça fera quatre chacun, a corrigé maman.

– Émily, Bella, Amy, Chloé (beurk !) et moi. Cinq fois quatre égale vingt, ai-je récapitulé.

– Vous êtes six, bécasse. Tu n'as pas compté Lily.

– Mais Lily ne va pas faire la fête avec nous.

– Bien sûr que si ! C'est ta sœur, quand même.

– Elle ne sait pas se coiffer, ai-je protesté. Elle n'a pas besoin de barrettes.

– Tu pourrais la coiffer. Je suis sûre qu'elle va adorer ses barrettes à fleurs, a affirmé maman. Ah, tiens, voilà papa et Lily qui rentrent, justement. Tu t'es bien promenée, ma chérie ? Pourquoi fais-tu tant de bruit ?

– RE-RE-RE-RE-RE ! criait Lily.

– Je l'ai emmenée au centre commercial. Je pensais que les grands ours en peluche allaient lui plaire. Grossière erreur, a expliqué papa en s'épongeant le front.

– Non, ils lui font peur, a soupiré maman.

– Tu aurais pu me le dire.

– Lily a toujours eu peur des ours, papa, suis-je intervenue. Tu sais bien qu'elle ne supporte même pas Minuit, et pourtant il est tout petit.

Maman a tenté de la calmer.

– Allez, Lily, essuie-toi les yeux, mouche-toi le nez. Et je t'en supplie, arrête de crier.

– Re-re-re-re-re, a marmonné Lily en reniflant.

Maman l'a soulevée pour l'emmener au premier étage.

– Oh, non ! Il faut la changer. Bon, vous feriez bien de ranger la chambre de Daisy, tous les deux… Vous allez devoir vous serrer, les filles. Je me demande bien comment on va réussir à toutes vous faire tenir là-dedans.

– Parfois on couche dans le salon pour les soirées pyjamas.

– On a encore moins de place dans le

salon, a répondu papa, avec la chaise spéciale de Lily, son tapis et tout son bazar…

Soudain, il a regardé par la fenêtre et il s'est écrié :

– Je sais ! Ça te dirait de faire ta soirée pyjama dans le jardin, Daisy ? Je pourrais monter la tente.

– Oh, oui, papa ! Génial !

Laissant maman et Lily au beau milieu des escaliers, nous avons couru dans le grenier. On avait acheté un matériel de camping complet l'année passée pour les grandes vacances. On ne peut pas aller à l'hôtel avec Lily, c'est trop compliqué. Mais le camping, ce n'est pas mieux. La première nuit, elle n'a fait que pleurer. Et la deuxième aussi, bien que je me sois glissée dans son sac de couchage avec elle. La troisième nuit, elle pleurait toujours, et maman a fondu en larmes à son tour. Papa n'a pas pleuré. Il s'est contenté de dire : « C'est ridicule ». On a replié la tente et on est rentrés à la maison au beau milieu de la nuit.

Maintenant, papa souriait.

– Je savais bien que cette tente nous servirait un jour.

Il l'a sortie des cartons et l'a descendue dans le jardin.

– On va être trop bien ! me suis-je exclamée.

– Vous allez surtout être congelées, a commenté maman. Il fait un froid de canard la nuit.

– Elles n'auront qu'à bien se couvrir. Elles vont s'amuser comme des petites folles, a affirmé papa.

– Mais Lily ne pourra pas participer, a remarqué maman. Tu as vu ce que ça donne dès qu'elle rentre dans cette tente !

– Oh, oui, tu n'as pas besoin de me le rappeler, a répliqué papa.

Moi, je ne disais rien.

Car, au fond, j'étais bien contente que Lily ne puisse pas venir avec nous dans la tente.

CHAPITRE 12

J'ai mis mon T-shirt à étoiles et le nouveau jean que j'avais eu pour mon anniversaire avec les petites fleurs brodées dans le bas. J'avais hâte de pouvoir essayer les barrettes à fleurs assorties.

– Tu es toute belle, Daisy, a remarqué maman.

– La reine de la fête, a complété papa.

– Re-re-re-re-re, a fait Lily.

Je me demandais si elle comprenait que c'était mon anniversaire. Je me demandais si elle savait quand était le sien. Je me demandais si Lily aurait aimé pouvoir mettre un joli T-shirt et un jean brodé. En général, elle porte des hauts en éponge, parce qu'elle bave tellement qu'elle se trempe complètement, et des pantalons de jogging bien larges – plus faciles à enlever quand il faut la changer. Pratique, mais pas vraiment joli.

On ne peut pas dire que Lily soit jolie non plus. Grâce à maman, elle est toujours très propre, mais elle fait souvent une drôle de tête et elle n'arrive pas à se tenir droite, elle est toujours un peu de travers. Mais elle a de très beaux cheveux longs, en revanche.

Je l'ai serrée dans mes bras.

– Tu verras, quand mon anniversaire sera passé, on jouera au coiffeur et je t'attacherai les cheveux avec les barrettes à fleurs. Ça te plaira. Tu seras super cool avec !

– Re-re-re-re-re ! s'est exclamée Lily, tout excitée.

– Essaie de ne pas trop l'énerver, m'a recommandé maman gentiment.

– Il ne faudrait pas qu'elle se mette à hurler quand tes invitées arrivent, a ajouté papa.

Nous attendions, un peu inquiets. J'étais prête à parier que Chloé allait dire des horreurs sur Lily. Et je n'étais pas sûre qu'Amy et Bella se montreraient pleines de tact. Même Émily risquait de réagir bizarrement en découvrant Lily. Et alors qu'est-ce que je ferais ?

Tout à coup, mon jean d'anniversaire me serrait affreusement. J'avais mal au ventre. Je regrettais d'avoir organisé cette soirée pyjama. Ou alors il aurait fallu que maman emmène Lily et la cache pendant tout le week-end.

C'est Amy qui est arrivée la première.

– Salut, Daisy. Joyeux anniversaire !

Elle m'a offert une trousse à maquillage rose avec du vernis à ongles argenté et des paillettes pour mettre sur le visage. J'étais tellement contente que, un court instant, j'ai oublié Lily.

– Re-re-re, a-t-elle fait dans le fond, comme pour nous rappeler sa présence.

Amy a sursauté, surprise. Elle s'est tournée vers Lily qui était dans sa chaise spéciale.

– Je te présente ma sœur, Lily, ai-je dit.

– Bonjour, Lily, a fait Amy d'une voix hésitante.

– Re-re, a-t-elle répondu.

– Qu'est-ce qu'elle a ? m'a chuchoté Amy.

– Elle a eu un problème à la naissance, un truc au cerveau.

– Oh, la pauvre ! Alors elle ne peut pas marcher ?

– Non.

– Eh bien, en tout cas, elle sait parler à sa manière.

– Oui, et elle sait surtout crier, ai-je répondu.

Je me sentais beaucoup mieux. J'aimais beaucoup Amy. C'était ma deuxième meilleure amie, juste après Émily.

Ensuite, Bella est arrivée.

– Salut, Daisy ! Joyeux anniversaire. Tiens !

Elle m'a donné une grosse boîte de chocolat avec un bébé chien sur le couvercle et un beau ruban violet que j'ai gardé pour jouer au coiffeur. Bella a souri à Lily, puis elle s'est retournée vers moi et elle a regardé son cadeau, pleine d'espoir.

– Tu ne l'ouvres pas tout de suite ?

– Oh, si ! Ça a l'air délicieux !

Je lui ai tendu la boîte.

– Non, c'est à toi de choisir, c'est ton anniversaire, a-t-elle répondu en fixant avec envie le gros chocolat blanc du milieu.

– Tiens, prends celui-là, ai-je dit en le lui donnant. C'est toi qui me les a offerts, quand même.

Bella n'avait pas besoin de se le faire dire deux fois. J'ai choisi une boule pralinée et Amy un escargot enveloppé de papier doré.

Bella s'est approchée de Lily avec la boîte.

– Tu en veux un ?

– Re-re-re.

– Qu'est-ce que tu as dit ? a demandé Bella.

– Elle ne parle pas vraiment, ai-je expliqué. Mais elle aime le chocolat. Il faut lui donner un tout petit morceau pour ne pas qu'elle s'étouffe.

J'ai cassé un petit bout du mien pour le glisser dans la bouche de ma sœur.

– Pauvre Lily ! Risquer de s'étouffer avec du chocolat ! a commenté Bella.

J'ai décidé que Bella était aussi ma deuxième meilleure amie après Émily, ex aequo avec Amy.

Justement, Émily est arrivée. Elle avait exactement le même T-shirt à étoiles que le mien !

– Bon anniversaire, Daisy ! Hé, on est les sœurs étoiles ! Les jumelles de l'espace !

Elle m'a tendu mon cadeau d'anniversaire. Avant de l'ouvrir, je l'ai tâté. Il était assez mou, avec un truc rond d'un côté… et il s'est mis à faire grr-grr-grr quand j'ai appuyé dessus !

– Re-re-re ! s'est exclamée Lily, comme s'ils parlaient la même langue.

Un peu surprise, Émily s'est tournée vers elle :

– Bonjour.

– Je te présente Lily, c'est ma sœur.

– Bonjour, Lily.

Émily s'est interrompue avant d'ajouter :

– Tu as de très beaux cheveux. Je laisse pousser les miens, mais ça prend des siècles !

– Re-re-re, a fait Lily en souriant d'un air entendu.

J'ai souri aussi. Je savais qu'Émily était la meilleure amie qu'on puisse avoir !

J'ai ouvert mon paquet. C'était un beau pyjama blanc avec des nounours jaunes et, dans la poche de la veste, il y avait un petit ours en peluche.

– Il s'appelle Tigrognon. Appuie-lui sur

le ventre ! a dit Émily. C'est lui qu'on a entendu tout à l'heure. Lily a bien aimé.

Mais Lily n'avait pas réalisé que le grr-grr-grr était du langage d'ours. Elle déteste les ours. Même les peluches minuscules comme Tigrognon lui font peur.

Quand elle l'a vu, elle s'est mise à hurler :

– RE-RE-RE-RE-RE !

Émily a ouverts de grands yeux.

– Ouh là, qu'est-ce qui se passe ?

– RE-RE-RE-RE-RE-RE ! criait Lily.

– Qu'est-ce qu'il y a ? a demandé Amy.

– Elle a mal quelque part ? s'est inquiétée Bella.

– Non, elle a juste eu un peu peur, elle va vite se calmer, ai-je assuré.

Mais elle ne s'est pas calmée du tout.

Maman a dû l'emmener là-haut pour la réconforter. Mais elle ne se calmait toujours pas. Elle poussait des hurlements.

Nous l'avons entendu vomir.

– Oh, là, là, a soufflé Émily. Ça va aller mieux, maintenant ?

– Je pense qu'il faut qu'elle dorme un peu, a affirmé papa.

Nous tendions l'oreille. Les cris de Lily faiblissaient.

– La pauvre, elle va rater toute la fête, a remarqué Amy.

– Elle va manquer le dîner si elle dort maintenant, a renchéri Bella.

J'ai croisé les doigts. J'espérais que Lily dormirait pendant des heures et des heures.

CHAPITRE 13

Chloé est arrivée tellement en retard que je commençais à me demander si elle allait venir. J'avais le cœur battant sous mon T-shirt à étoiles. Finalement nous n'allions être que quatre : Amy, Bella, Émily et moi ! Et Émily allait devenir ma meilleure amie... Je touchais presque les étoiles !

Mais je suis brusquement revenue sur Terre. On a frappé à la porte. C'était Chloé.

– Joyeux anniversaire, Daisy, a-t-elle fait d'un ton mielleux, tout sourire en présence de sa mère (la mienne était encore en haut avec Lily).

Chloé avait mis un nouveau T-shirt où on lisait en lettres roses brillantes : « La fille la plus cool du monde ». Elle avait des paillettes roses sur les joues, du gloss rose sur les lèvres et des sandales roses à talons !

Son cadeau était enveloppé dans du papier… rose bien sûr. Je l'ai vite déchiré. Je m'attendais à un bocal d'anchois, mais c'était un DVD. *Les 101 Dalmatiens*. 101 doutes m'ont assaillie comme 101 chiots surexcités. Je n'avais aucune confiance en Chloé.

Nous sommes allées jouer dans le salon. Maman s'était efforcée de ranger un peu, mais la chaise adaptée de Lily était toujours là.

– Elle est bizarre, cette chaise ! a remarqué Chloé.

– C'est pour ma sœur, ai-je expliqué.

– Mais elle est immense, ça doit être un bébé géant.

Chloé a gonflé ses joues et s'est mise à trottiner comme un bébé obèse.

– Où est-elle passée ? Elle s'est cachée quelque part ? a-t-elle demandé en regardant sous la table.

– Elle est en haut avec ma mère. Elle la met au lit, elle était un peu énervée.

– Oh, pauvre petit bout d'chou. Attention, Daisy le bébé, si tu t'agites trop, on va te mettre au lit aussi ! m'a-t-elle chuchoté.

Elle s'est interrompue avant de reprendre :

– Bon, alors qu'est-ce qu'on fait ?

Je n'avais pas encore vraiment décidé.

– Si on dansait ? a proposé Amy.

Mais je n'avais pas la musique qu'il fallait.

– Beurk que des trucs de bébé... ou préhistoriques ! a commenté Chloé en fouillant parmi nos CD.

– On pourrait manger dès maintenant, a affirmé Bella.

Mais il était un peu tôt pour dîner et, de toute façon, maman était encore en haut avec Lily.

– Si on sortait jouer au foot ? a suggéré Émily.

Nous sommes donc sorties… pour découvrir que la moitié du jardin était occupée par la tente. Papa venait de planter les derniers piquets avec un gros maillet de bois.

– Salut, les filles ! a-t-il lancé.

– Oh, une tente ! s'est exclamée Émily.

– J'ai toujours rêvé de partir en camping, a ajouté Amy.

– On va faire un barbecue ? a demandé Bella.

Comme toujours Chloé râlait :

– On ne peut pas jouer au foot à cause de cette stupide tente ! Ton jardin est minuscule, c'est nul.

– Ah, voici Chloé, ta charmante amie, a fait papa en lui adressant un sourire en coin. Vous vous amusez bien, les filles ?

– Oui, a répondu poliment Émily.

– Non, pas du tout, a répliqué Chloé.

– On ne sait pas quoi faire, ai-je avoué, complètement désespérée.

– Ah, ta mère devait s'occuper de vous avant le dîner… mais elle est encore avec Lily, c'est ça ? Je sais ! On pourrait faire des jeux !

– Quels jeux ? ai-je demandé.

– Des jeux ennuyeux, a marmonné Chloé.

– Non, non, c'est rigolo, vous allez voir. On va jouer dans le salon.

Quand Chloé s'est retournée, papa a fait mine de l'assommer avec son maillet. Les filles et moi, on était mortes de rire.

– Qu'est-ce qu'il y a de si drôle ? a-t-elle grommelé.

– Rien, rien, on s'amuse, c'est tout.

Et c'est vrai qu'on s'est bien amusées. Papa nous a appris des jeux comme celui du facteur. Chaque fois que Chloé passait derrière moi, elle me donnait un petit coup de pied discret, mais je m'en fichais.

Après on a joué aux statues, on courait, on sautait, on faisait les folles dans toute la pièce et, au signal de papa, on devait se figer sur place comme des statues. À un moment, j'ai failli rentrer dans Émily, qu'est-ce qu'on a ri ! Chloé, elle, faisait exprès de me bousculer et de me marcher sur les pieds, mais je m'en fichais.

Enfin, on a fait la ronde du fermier, avec les gestes et tout et tout. Le fermier choisit sa femme, la femme choisit son enfant… et ainsi de suite jusqu'au moment où la souris choisit son fromage et ça se termine par « le fromage est battu ». Alors tout le monde tape sur le dos du fromage. Quand la souris (Chloé) m'a choisie pour être son fromage, elle m'a frappée si fort que papa s'en est aperçu. Il est intervenu :

– Hé, Chloé, doucement ! Tu vas faire mal à Daisy.

Comme elle n'a pas l'habitude de se faire gronder, elle est devenue toute rouge.

– J'en ai assez de cette ronde débile. J'ai envie de changer.

On a joué aux chaises musicales. C'était trop drôle. Même Chloé s'est prise au jeu. Elle sautillait en rythme sur notre musique préhistorique. J'avais peur que ça réveille Lily, mais maman est enfin redescendue, et elle a murmuré à papa qu'elle dormait à poings fermés.

– Bon, je vais préparer le dîner, a-t-elle annoncé.

Tout le monde a adoré mon superbe gâteau. Maman avait même découpé les sandwiches avec un emporte-pièce en forme de fleur ! Tout était blanc, jaune et vert. Nous avons bu de la limonade dans des verres… verts ! Mangé des petites brioches recouvertes de glaçage blanc, de la jelly* verte au raisin, des cookies au chocolat blanc et de la glace à la vanille.

– C'est joli, tout est assorti, a remarqué Amy.

– C'est presque trop beau, on ose à peine y goûter, a renchéri Émily.

– Presque…, a répété Bella en attaquant immédiatement le festin.

Nous nous sommes vraiment régalées… et nous étions presque repues. Puis j'ai coupé mon gâteau d'anniversaire avec précaution. Alors que le couteau s'enfonçait dans le glaçage, entamant la génoise moelleuse et la confiture dégoulinante, j'ai fait mon vœu d'anniversaire.

---

* La jelly est une gelée transparente, sucrée et parfumée aux fruits que l'on mange en dessert.

« Je voudrais qu'Émily soit ma meilleure amie », ai-je souhaité dans ma tête.

Ensuite tout le monde a chanté *Joyeux anniversaire*. Arrivée à « Joyeux anniversaire, Daisy », Chloé a dit « Daisy le bébé » mais je m'en fichais.

Le gâteau était délicieux. Dommage que maman n'en fasse pas plus souvent ! Après avoir passé les barrettes à fleurs sous l'eau (elles étaient un peu poisseuses), elle nous les a distribuées.

– Il en reste quatre. Je peux les prendre vu que j'ai de longs cheveux bouclés ? a demandé Chloé.

– Non, ma puce, elles sont pour Lily, a répondu maman.

– La sœur de Daisy ? s'est étonnée Chloé. Mais les bébés ne mettent pas de barrettes !

Je retenais mon souffle. Mais, juste à ce moment-là, Bella a demandé si ça serait vraiment abuser de reprendre une part de gâteau d'anniversaire. En riant, papa lui a tendu tout le plat.

– Ouh, là ! s'est exclamée Amy. Si j'étais vous, je ne ferais pas ça. Elle serait capable de tout manger.

– Et elle n'est jamais malade, en plus ! a ajouté Émily.

– Tu es une grosse goinfre, Bella. Tu vas devenir une vraie baleine et tu ne pourras jamais t'habiller à la mode, a affirmé Chloé.

– Ça tombe bien : les baleines n'ont pas besoin de vêtements, a répliqué Bella. Elles se contentent de nager tranquille en crachant sur les petits têtards de ton espèce.

Elle a fait mine de souffler sur Chloé comme une baleine. Mais elle avait la

bouche pleine. Le T-shirt de la fille la plus cool du monde s'est retrouvé constellé de miettes de gâteau. On était tous tordus de rire, sauf Chloé qui ne trouvait pas ça drôle du tout.

– Tu n'es qu'un porc, Bella, a-t-elle cinglé en envoyant ses cheveux en arrière.

– Hé, hé, ça suffit ! est intervenue maman. Il est temps que vous sortiez de table. Daisy, va chercher un de tes T-shirts pour ton amie, mon chat, je vais lui laver le sien.

Chloé m'a suivie au premier. Amy, Bella et Émily nous ont accompagnées. Je suis passée sur la pointe des pieds devant la chambre de Lily.

– Pourquoi tu marches comme ça ? a voulu savoir Chloé.

– Chut ! Lily dort.

Émily, Amy et Bella se sont mises à marcher à pas de loup, elles aussi. Mais Chloé continuait à faire claquer ses talons : clac, clac, claketi, clac. Heureusement, Lily n'a pas réagi.

On s'est toutes entassées dans ma chambre.

– Mon Dieu, que c'est riquiqui, a commenté Chloé.

– Non, pas du tout, a répliqué Bella.

– Elle est très belle, ta chambre, a affirmé Amy.

– C'est la plus belle chambre que j'aie jamais vu, a renchéri Émily.

Ce n'est pas vrai. Elle est vraiment riquiqui. Lily a une chambre de taille normale parce qu'elle a besoin de tout plein de matériel, et que maman doit parfois dormir avec elle sur un lit de camp quand elle ne va pas bien. Moi, je dois me contenter d'une pièce minuscule. Mais papa m'a installé des étagères en forme de maison, avec un toit par-dessus. Comme ça je peux ranger mes livres, mes feutres et tout mon bazar dans des « pièces » différentes. Maman m'a fait un dessus de lit et des rideaux assortis dans un tissu imprimé avec des maisons de poupées. Et sur le bord de ma fenêtre, j'ai une vraie maison de poupées, où vit une famille de petits ours. Minuit est trop grand, mais parfois il se roule en boule pour leur rendre visite.

– Les maisons de poupées, c'est pour les bébés ! a décrété Chloé.

– Non, absolument pas. Ma grand-mère les collectionne et c'est une vieille dame, a

expliqué Émily. Mais elle ne me laisse pas y toucher.

– Tu peux t'amuser avec la mienne si tu veux, ai-je proposé.

– Ah non, on va pas jouer à la poupée comme des bébés ! a protesté Chloé. Allez, Daisy, montre-moi tes T-shirts.

Je lui ai sorti le bleu avec le dauphin, le rose avec les petites fleurs et le noir avec une sirène argenté (sauf que le brillant est un peu parti, alors elle n'a plus de queue).

– C'est tout ? s'est-elle exclamée.

Elle a choisi celui avec le dauphin, tout en disant qu'il était ridicule. Elle a inspecté mon armoire et critiqué tous mes vêtements, puis elle s'est moquée de mes chaussures parce qu'elles n'étaient pas de marque.

– Je n'oserais jamais sortir dans la rue avec des trucs pareils aux pieds ! a-t-elle commenté en se jetant sur mon lit pour agiter ses superbes sandales roses à talons dans les airs.

– Je peux les essayer, Chloé ? a supplié Amy.

Elle les a enfilées, puis Bella et même Émily.

– Et moi, je peux ? ai-je demandé.

– Pas question. Je ne veux pas que tu mettes tes pieds puants dans mes chaussures.

J'aurais voulu que le dauphin du T-shirt l'entraîne au fin fond de l'océan et la laisse là, la tête plantée dans le sable, et les jambes qui gigotent bêtement avec leurs sandales roses au bout.

■■■ CHAPITRE 14 ■

Lorsque nous sommes redescendues – Émily, Bella, Amy et moi sur la pointe de pieds, Chloé claquant des talons –, mes parents étaient dans la cuisine en train de dîner.

– On refait une partie de chaises musicales ? a proposé Amy.

– Oh non, pas envie, a répliqué Chloé.

– Si on mangeait un morceau ? a proposé Bella.

– Pas envie, a répliqué Chloé.

– On pourrait aller dans la tente, a proposé Émily.

– Pas envie, a répliqué Chloé.

– Qu'est-ce que tu aimerais faire, dis-moi, Chloé ? lui a demandé maman.

– C'est l'anniversaire de Daisy, c'est elle qui décide, est intervenu papa.

– Je sais ! s'est exclamée maman. Vous pourriez regarder le film que

Chloé a offert à Daisy. C'est amusant, *Les 101 Dalmatiens*. Nous sommes donc toutes allées dans le salon. Chloé a soigneusement refermé la porte derrière nous, puis a glissé le DVD dans l'appareil… mais ce n'était pas *Les 101 Dalmatiens* et ce n'était pas amusant du tout.

Il s'agissait d'un nouveau film mettant en scène l'horrible esprit maléfique. Encore pire que le premier. Il y avait une fille, toute seule dans la campagne, qui regardait tout autour d'elle, inquiète. Et soudain, on entendait des pas, une respiration forte, un gémissement, un peu comme Lily quand elle est en crise. Du coup, la fille se mettait à courir. Elle apercevait un camping, alors elle accélérait, elle criait, mais quelque chose l'agrippait et là, gros plan sur son visage : elle hurlait, hurlait, hurlait.

J'ai dû mettre mon pouce dans ma bouche pour m'empêcher de hurler aussi.

– Regarde cette poule mouillée ! Elle suce son pouce comme un bébé ! s'est moquée Chloé. Elle a peur d'un film débile.

– Moi aussi, j'ai peur, a avoué Émily.

– Moi pareil, a reconnu Amy.

– On ne pourrait pas faire autre chose ? Aller voir s'il ne resterait pas un peu de gâteau, par exemple ? a proposé Bella.

– Non, non, regardez la suite. C'est génial.

Ça se passait dans le camping désormais. La fille était dans sa tente, en train de s'étirer. Elle venait de se réveiller. Et soudain elle voyait quelque chose qui donnait des coups sur sa tente de l'extérieur. Au début, elle rigolait, pensant qu'il s'agissait d'une de ses amies. Elle les appelait, mais personne ne répondait, il n'y avait que ce gémissement sinistre… Et tout à coup, un truc blanc et griffu déchirait la tente. Là, j'ai dû fermer les yeux et j'ai failli me mordre le pouce.

– Regarde, Daisy ! m'a ordonné Chloé. Ne ferme pas les yeux.

– Moi, j'ai pas envie de regarder, a affirmé Bella.

– On n'est pas obligées de regarder si on n'en a pas envie, a protesté Amy.

– Si on éteignait ? a proposé Émily en se levant.

– Rassieds-toi, Émily ! Vous n'êtes que des bébés. Pas question qu'on arrête, a répliqué Chloé.

Mais juste à ce moment-là, on a entendu mon père qui arrivait. Chloé s'est vite levée pour éteindre le magnétoscope. Un autre film est apparu sur l'écran.

– Ça va, les filles ? a demandé papa en glissant la tête dans l'entrebâillement de la porte. Tout se passe bien, Daisy ?

– Oui, papa.

– Je croyais que vous regardiez *Les 101 Dalmatiens*, s'est-il étonné.

– Oui, oui, on zappait juste un peu pour voir ce qu'il y a à la télé, a répondu Chloé avec le ton mielleux qu'elle emploie pour s'adresser à son père.

– Vous ne devriez pas regarder ce vieux film. Je l'ai vu il y a longtemps, ça fait un peu peur.

Comparé à l'affreux esprit maléfique de Chloé, c'était aussi effrayant que *Les Télétubbies*, mais j'étais tout de même ravie que papa éteigne la télévision.

– De toute façon, je suis venu vous dire que vos appartements royaux étaient prêts, gentes dames, a annoncé papa d'une voix ridicule en faisant la révérence.

À l'intérieur de la tente, il avait installé un petit coin douillet avec les gros coussins du canapé et une guirlande lumineuse qui brillait comme un collier de pierres précieuses, ambre, émeraude et rubis. Il avait prévu un tas de vieux châles, de couvertures et de gilets pour qu'on n'ait pas froid, une fois en pyjama.

On a discuté, discuté, discuté pendant des heures. Il fallait dire qui était notre chanteur préféré (j'ai dit pareil qu'Émily), notre joueur de foot préféré (j'ai encore dit pareil qu'Émily), le garçon qu'on préférait dans la classe (là, je n'ai pas eu besoin de suivre l'avis d'Émily – ils sont tous idiots de toute façon). Puis on a imaginé les vêtements qu'on rêverait d'avoir. Cette fois, j'ai commencé en inventant une tenue super cool, noir et argent, avec des talons hauts noirs. Émily a dit qu'elle aimerait avoir la même. Après on devait choisir notre couleur préférée (noir et argent, naturellement) et notre animal préféré (Émily et moi, on s'est écriées « les ours » exactement en même temps et on a éclaté de rire). Puis on a parlé de ce qu'on voulait faire plus tard. Émily aimerait devenir joueuse de foot ou sinon professeur de sport. Moi, j'ai dit que je voudrais être une artiste, mais si ça ne marchait pas, professeur d'arts plastiques. Chloé a dit que je n'étais qu'une copieuse, mais c'est pas vrai, parce que j'ai toujours adoré dessiner et que je suis un bon professeur. Je montre des tas de choses à Lily, même si elle n'apprend pas très vite. Chloé a répliqué que, de toute façon, être prof, c'était nul et qu'elle allait devenir une actrice célèbre. Amy a dit qu'elle voulait devenir danseuse étoile et Bella un chef renommé qui fait des émissions de cuisine à la télé. Elle a avoué qu'elle avait un petit creux et, juste à ce moment-là, maman est arrivée avec de grandes tasses de chocolat chaud (du lait à la vanille pour Émily) et un saladier de pop-corn.

– Waouh ! a sifflé Bella. Quelle super soirée pyjama ! Encore mieux que chez moi.

– Non, la mienne était largement mieux, a rétorqué Chloé.

– Toutes nos fêtes étaient géniales, mais la tienne est vraiment réussie, Daisy, a affirmé Émily et elle m'a pris la main sous la couverture.

Nous avons siroté nos boissons chaudes et grignoté du pop-corn tout en continuant à discuter. Quand on a dû raconter la plus grande honte de notre vie (je ne vous dirai pas ce que c'était pour moi), on a tellement rigolé qu'on a renversé le saladier et on a dû partir à la chasse au pop-corn dans nos sacs de couchage. Puis on a joué à action-vérité et certains gages étaient carrément osés. (Là encore, je ne vous raconte pas tout, mais disons juste que l'une de nous a dû ôter son pyjama et sortir dans le jardin toute nue pour faire le tour de la tente. Heureusement il faisait noir, alors personne n'a rien vu. Enfin, j'espère...)

Après on s'est raconté des histoires de fantômes. Au début, c'était drôle, mais Chloé a commencé à nous faire vraiment peur.

– Arrête, Chloé, l'a suppliée Émily en se bouchant les oreilles.

– Ne sois pas bête, c'est juste une histoire. Les fantômes, ça n'existe pas.

– Si, ça existe ! Quand mon grand-père est mort, ma grand-mère a continué à voir son fantôme, a affirmé Amy.

Pour nous faire rire Bella a enfilé sa taie d'oreiller blanche sur sa tête en criant : « Hou-hou-hou-hou ! »

Mais soudain son « hou » s'est changé en « ooooh, chouette ! ». Elle avait retrouvé du pop-corn dans la taie d'oreiller, miam, miam !

– Tu es un petit cochon gourmand, s'est moquée Amy.

Bella s'est aussitôt mise à pousser des grognements de cochon : « Groin, groin, groin ! » Et on a entonné *Dans la ferme à MacDonald*. On riait tellement qu'on en avait mal au ventre. On a chanté toutes les chansons qu'on connaissait puis on a décidé d'inventer un poème.

J'ai commencé :

– Au club de l'Alphabet, il y a cinq filles…

– Coquines mais toujours gentilles, a poursuivi Émily.

– On chante, on danse, on ne s'ennuie pas, a ajouté Amy.

– Et on mange plein de chocolat ! a renchéri Bella.

– Chloé, Bella et Émily. Amy et la grosse Daisy, a conclu Chloé.

– Daisy n'est pas grosse ! a protesté Émily.

– Moi, je suis grosse, mais je m'en moque, a claironné Bella. Daisy, tu crois que ta maman pourrait nous refaire un peu de pop-corn ?

– Je pense que mes parents sont couchés. Mais tu sais quoi ? On a encore ta boîte de chocolat !

Je l'ai fait passer à la ronde. Émily a dit qu'elle n'avait plus faim, même pour un demi-chocolat. Amy en a mangé un. Chloé a choisi celui fourré au caramel et aux noisettes, mon préféré. Bella en a pris un, puis un autre et encore un autre… et enfin, elle a annoncé d'une voix ensommeillée qu'elle était presque repue.

On commençait toutes à avoir très très sommmmmeil…

Bella s'est endormie si profondément qu'elle s'est mise à ronfler et on a toutes eu le fou rire. Amy s'est blottie dans son petit coin et on ne l'a plus entendue. Puis ça a été au tour de Chloé. Émily et moi, on a chuchoté pendant longtemps toutes les deux. Puis j'ai voulu fermer les yeux rien qu'une minute... et je me suis aussi endormie.

Je me suis réveillée en sursaut. J'entendais un bruissement... puis quelqu'un m'a attrapée par l'épaule. L'esprit maléfique !

– Aaaah ! ai-je hurlé.

– Tais-toi, imbécile !

Ce n'était que Chloé qui était sortie de son sac de couchage.

– Qu'est-ce que tu fabriques ? lui ai-je demandé. Il fait encore nuit.

– Je sais. Mais j'ai envie de faire pipi. Montre-moi où c'est.

– Au premier étage. Maman a laissé la porte entrouverte pour qu'on puisse entrer.

– Je ne vais pas trouver mon chemin dans

le noir. Il faut que tu m'accompagnes, a insisté Chloé.

– Oooh, mais j'ai sommeil…

Puis soudain une pensée m'a traversée et je me suis redressée.

– Tu n'aurais pas peur du noir, par hasard ?

– Non, pas du tout, idiote, a-t-elle répliqué.

Mais quand on est sorties de la tente, un chat s'est mis à miauler dans la nuit. On a sursauté et on s'est jetées au cou l'une de l'autre. Nous avons traversé la pelouse humide de rosée, pieds nus, main dans la main.

– Tu trembles, Chloé, ai-je chuchoté.

– J'ai froid.

C'est vrai qu'il faisait froid, mais je crois surtout qu'elle avait peur. Moi, je savais bien que nous étions simplement dans mon bon vieux jardin, celui où je joue tous les jours, mais dans l'obscurité, il prenait des allures de véritable forêt vierge. Ce n'était pas vraiment rassurant. Et puis, ça me faisait tout drôle de donner la main à Chloé.

Dès que nous sommes arrivées dans la maison, on s'est lâchées aussitôt.

– Allume la lumière ! m'a ordonné Chloé.

– Non, je vais réveiller papa et maman.

En fait, je ne voulais pas réveiller Lily. J'ai fait signe à Chloé de se taire, espérant qu'elle ne ferait pas trop de bruit. Elle n'avait pas ses talons qui clac-claquaient aux pieds, c'était déjà ça.

Mais Lily était déjà réveillée. Elle se croyait sûrement le matin. Elle voulait se lever. Et quand elle nous a entendues passer dans le couloir, elle s'est mise à crier :

– RE-RE-RE-RE-RE-RE-RE !

– A-A-A-A-AAH ! a hurlé Chloé. L'esprit maléfique !

– Qu'est-ce qui se passe ? a marmonné maman, qui sortait de sa chambre en titubant.

Elle a allumé la lumière du couloir. Chloé était en larmes ! Et il n'y a pas que ses joues qui étaient trempées… elle avait fait pipi dans son pyjama !

Elle a poussé un petit cri et s'est précipitée dans la salle de bains.

– Oh, la pauvre puce, a soupiré maman. Bon, essaie de calmer Lily, pendant que je vais chercher un pyjama propre pour ton amie. Puis retourne te coucher, Daisy. J'imagine que Chloé a un peu honte.

– Tu m'étonnes ! ai-je murmuré.

Je suis allée dans la chambre de ma sœur.

– RE-RE-RE-RE-RE ! m'a-t-elle dit.

– Tu as raison, Lily ! Bien joué. Tu lui as flanqué une de ces trouilles. Tu es la sœur la plus géniale du monde !

CHAPITRE 15

Je suis retournée dans la tente, mais sans Chloé. Et lorsque je me suis réveillée le matin, elle n'était toujours pas revenue.

– Où est passée Chloé ? a demandé Émily en se redressant sur un coude.

Amy s'est frotté les yeux.

– Si ça se trouve l'esprit maléfique l'a capturée !

– Si seulement ça pouvait être vrai ! a répliqué Bella.

Elle s'est frotté le ventre.

– C'est l'heure du petit déjeuner ?

Quand nous sommes arrivées dans la cuisine, maman était en train de nous verser des verres de jus de fruits et de nous préparer des bols de céréales. Papa mangeait une banane. Il n'avait pas l'air très réveillé. Lily était sanglée dans sa chaise spéciale, elle chantonnait tout bas :

– Re-re-re-re-re…

Mais Chloé n'était pas là.

– Chloé a dormi dans ma chambre après… ? ai-je demandé.

– Après quoi ?

– Qu'est-ce qui s'est passé, Daisy ?

– Raconte-nous !

– Allons, allons…, est intervenue maman. Chloé a voulu rentrer chez elle, alors papa l'a ramenée.

– En pleine nuit ! a complété mon père. Elle était tellement vexée d'avoir fait pipi dans sa culotte.

Maman lui a fait les gros yeux.

– Chéri !

– Oups, pardon.

– Elle a fait pipi dans sa culotte ? a répété Amy.

– Chloé ? s'est étonnée Émily.

– Et elle nous traite de bébés ! a renchéri Bella.

Après ça, on s'est super bien amusées, toutes les cinq. Car Lily a participé aussi. Amy lui a fait boire du lait. Émily lui a donné des céréales spéciales. Et Bella a écrasé du chocolat en toutes toutes petites miettes pour lui glisser dans la bouche. Lily était ravie qu'on s'occupe d'elle. Elle a particulièrement apprécié le chocolat et s'est mise à faire « re-re-re » en se léchant les babines.

– Ah, je savais qu'elle aimerait le chocolat ! s'est exclamée Bella.

Ensuite on a un peu regardé la télé et on a joué au mime. Lily a fait un bébé, une vieille dame et enfin un fantôme – elle est vraiment très douée ! Puis la maman d'Amy est venue la chercher. Et le papa de Bella.

Pendant une demi-heure, il n'est plus resté que nous trois : Émily, Lily et moi. Émily et moi, on aurait aimé s'amuser avec nos ours, mais c'était hors de question, alors on a joué au coiffeur. J'ai fait une queue de cheval à Émily, elle m'a fait un chignon, puis toutes les deux, on a coiffé Lily. J'étais d'un côté et Émily de l'autre. On lui a fait des tresses et on lui a mis les jolies barrettes-fleurs. Au début, Lily était méfiante, puis elle s'est habituée et elle s'est mise à fredonner gaiement : « re-re-re-re ! »

– Oh, ma Lily ! Tu es adorable comme ça ! s'est exclamée maman – j'ai cru qu'elle allait pleurer.

– Vous êtes superbe, dame Lily, a déclamé papa en s'inclinant devant elle.

Il a passé le bras autour de nos épaules.

– Et vous êtes très belles aussi, jeunes demoiselles !

Émily et moi, on était ravies. Lorsque sa mère est arrivée, Émily m'a serrée dans ses bras et m'a dit que c'était la meilleure soirée pyjama de toute toute toute sa vie. Puis elle a ajouté :

– Je n'ai plus envie d'être amie avec Chloé, je crois… Alors tu veux bien être ma nouvelle meilleure amie, Daisy ?

– Oh, oui, Émily ! Ça me fait tellement plaisir que tu me demandes ça !

J'étais suuuuuuuper contente, mais j'avais aussi un peu peur. Je me demandais ce que Chloé allait dire, comment elle allait réagir.

Mais vous ne devinerez jamais… On n'a pas eu besoin de faire quoi que ce soit. C'est elle qui est venue nous dire qu'elle ne voulait plus être notre amie !

Lorsque je suis arrivée à l'école, lundi matin, Chloé racontait à une bande de filles qu'elle était allée à la pire soirée pyjama de sa vie samedi.

– Daisy habite dans une maison minuscule, complètement riquiqui, il n'y a de place nulle part et elle a une petite sœur complètement dingue, toc-toc, marteau, qui n'arrête pas de hurler.

Chloé a pris un air de folle dangereuse et s'est mise à pousser des cris. Ça a fait rigoler certaines filles. Moi, je serrais les poings.

– Tais-toi, Chloé. Ma sœur n'est pas folle. Elle a des difficultés d'apprentissage, c'est tout.

– Et ce n'est pas sa petite sœur, a précisé Émily. C'est sa grande sœur. Je l'adore !

– Elle est spéciale, parce qu'elle a des besoins spéciaux, a complété Amy.

– C'est triste, elle ne peut pas faire beaucoup de choses, mais elle arrive quand même à manger du chocolat, a ajouté Bella.

– Pourquoi essayez-vous de défendre ce bébé de Daisy et sa dingo de petite sœur ? a demandé Chloé en fronçant les sourcils.

– Ce n'est pas Daisy, le bébé, c'est toi, a répliqué Émily.

Chloé n'a rien répondu. Elle est devenue toute rouge en comprenant que nous étions au courant de son petit accident. Elle a attendu, elle se demandait si on allait raconter ça devant tout le monde.

Nous, on attendait aussi.

– Tu n'es plus ma meilleure amie, Émily. Et vous non plus, vous n'êtes plus mes amies, Amy et Bella. Quant à toi,

Daisy le bébé, tu ne l'as jamais été parce que je ne voudrais de toi pour rien au monde ! a décrété Chloé avant de nous tourner le dos et de s'en aller avec sa nouvelle bande.

C'était géniaaaaaaaal ! Maintenant, Émily est ma meilleure amie, Amy est la meilleure amie de Bella et on ne se quitte plus, toutes les quatre. Ça n'a pas l'air de plaire à Chloé, mais elle ne peut rien contre nous – elle sait qu'on peut raconter son petit secret.

Et tout ça grâce à Lily. C'est vraiment la sœur la plus chouette de la terre entière.

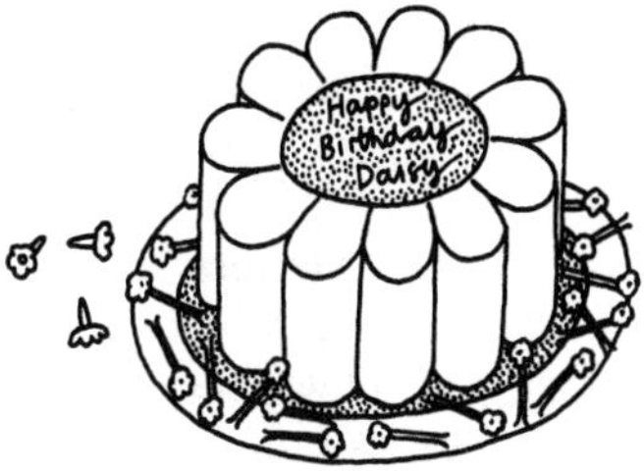

FIN

Jacqueline Wilson est née à Bath, en Angleterre, en 1945. Fille unique, elle se retrouvait souvent livrée à elle-même et s'inventait alors des histoires.
À seize ans, elle intègre une école de secrétariat quand elle repère une annonce pour un emploi de journaliste et décide de tenter sa chance.
Il s'agit d'un groupe de presse qui lance un magazine pour adolescentes auquel on donne son prénom, *Jackie*. Après son mariage et la naissance de leur fille, Emma, la famille s'installe à Kingston.
Jacqueline Wilson travaille alors en free-lance pour différents journaux.
À vingt-quatre ans, elle écrit une série de romans policiers pour adultes puis se lance dans l'écriture de livres pour enfants, ce qui avait toujours été son rêve. Elle a publié à ce jour près d'une centaine de livres pour enfants, traduits dans une vingtaine de langues et récompensés par de nombreux prix littéraires. La plupart de ses livres ont été publiés dans les collections Folio Cadet : *Ma chère momie*, *Lulu Bouche-Cousue* (prix Tam-Tam 2003), *Le site des soucis* et Folio Junior. Parmi ses derniers titres, nous pouvons citer : *Poisson d'Avril*, *La fabuleuse histoire de Jenny B.*, *Secrets*, *Ma meilleure amie*.
En 2005, Jacqueline Wilson a été nommée Children's Laurate, succédant à Michael Morpurgo. Elle est à ce titre ambassadrice de la littérature de jeunesse dans le monde.

Nick Sharratt, auteur-illustrateur de livres pour enfants, est né à Londres en 1962. Il commence à dessiner à l'âge de neuf ans. Après des études d'art, il travaille pour la presse, l'édition. Il rencontre alors Jacqueline Wilson dont il illustre désormais la plupart des livres, accompagnant ses histoires ancrées dans la vie quotidienne, de dessins au trait pleins d'humour et de fantaisie.
Nick Sharratt habite aujourd'hui à Brighton.

Ma chère momie

Sophia a plein d'amis, des grands-parents très gentils et un papa adorable. Elle a aussi Mabel, la vieille chatte qui appartenait à sa mère avant sa mort. Quand Mabel disparaît, la petite fille part à sa recherche.

(Folio Cadet n° 419)

Lulu Bouche-Cousue

Non, c'est décidé, Lulu ne parlera plus. Elle ne veut pas emménager chez le nouveau fiancé de sa mère. Jusqu'au jour où elle fait la connaissance d'une grand-mère encore plus butée qu'elle. Une passion commune pour les poupées va les rapprocher…

(Folio Cadet n° 425) - Prix Tam-Tam 2003

Le site des soucis

Vous avez un souci ? Un problème en classe ou à la maison ? Connectez-vous sur www.soucis.com ! Tapez votre problème et attendez qu'une réponse accompagnée d'un excellent conseil vous parvienne !

(Folio Cadet n° 440)